張宇心 譯

葉真中顯

ロスト・ケア

失控的照護

目次

所以，無論何事，你們願意人怎樣待你們，你們也要怎樣待人，因為這就是律法和先知的道理。

——馬太福音　第七章第十二節

你們不要想我來是叫地上太平；我來並不是叫地上太平，乃是叫地上動刀兵。因為我來是叫人與父親生疏，女兒與母親生疏，媳婦與婆婆生疏。人的仇敵就是自己家裡的人。

——馬太福音　第十章第三十四至三十六節

序章

二〇一一年十二月

「他」

二〇一一年十二月二日

下午一點三十三分。X地方法院第二刑事部第三〇二號法庭。

密閉的空間裡，濃縮而使密度增加的凝滯空氣，緩緩壓迫著每個人的身體與心靈。

站在證人席上的「他」，目光穿過長而白的髮絲間隙，直直地看著正前方的法官。

穿著黑色袍子、體型適中的身軀上，是顆快要光禿的頭。從耳邊長到下巴的鬍子，似乎與稀少的頭髮像書頁般接合在一起。因為是在審判員制度施行前起訴的案子，所以是以這位像達摩一樣的法官為中心，共有三名法官的合議體來進行判決。

握有生殺大權的男人視線落在手邊，避開「他」的目光。一開始他並未讀主文，而是先朗讀判決的理由。

後方的旁聽席傳出無聲的騷動，接著響起啪答啪答站立的聲音。應該是媒體記者去傳送新聞速報「主文後發」。門開開關關，擾動空氣，密度稍稍降低了一點。

通常，主文都會先讀，往後推遲的情況，據說只有在死刑判決的時候。

「他」總計殺害四十三人，因其中證據確鑿的三十二人，以及一件傷害致死案件的嫌疑而受到起訴。這是自戰後以來發生過的連續殺人事件中，受害人數最多的一次。

因為被告完全承認起訴的事實，如果是有行為能力的人，裁決結果只有唯一死刑。

死刑——

「他」想像著，終於降臨自己身上的未來。

日本的死刑是絞刑。「他」雙眼會被罩住，推上死刑台，脖子應該會繞著繩子。

在什麼都看不見的黑暗中，突然，腳下的地消失了。瞬間漂浮。還來不及驚嘆，繩子就絞入脖子，身體懸掛半空。據說，現在的絞刑並非勒住氣管而是頸動脈，因此並不會感到痛苦。因為在能感受到痛苦之前，血液已無法流向腦部，人會失去意識。當然此種說法是否屬實，難以判斷。

首先會呈現腦死狀態，而腦停止運作的話，心肺功能也會喪失，然後，全身。他也聽人說過，此時肌肉鬆弛，糞便與尿液會自動流出，但同樣也不知是否真是如此。

如果可以的話，當然希望沒有痛苦是真的，而屎尿齊下只是都市傳說。

不管最後會是怎樣，一旦執行死刑，就會抹消「他」的存在。然而世界不會結束。

若是如此——

「他」想像著，必定到來的世界的未來。

一點也不後悔。

一切一如預期。

「他」浮現笑容。

二〇一一年十二月二日

羽田洋子

同日下午兩點十八分。羽田洋子坐在旁聽席上凝視著「他」的身影。

這是受矚目的判決公判，因此旁聽席位子必須抽籤，但洋子身為被害者家屬，因此保有優先入席的機會。

面對法官席位的左手邊，從檢察官座位旁的區域，可以看見「他」的側臉。

滿頭白色長髮，深陷的雙眼，削瘦的雙頰，深深的皺紋，嘴角隱隱浮現著微笑。

「他」的樣子，看起來帶著莊嚴肅穆，對於藝術與宗教並不熟悉的洋子來說，她覺得就像宗教畫上的聖人，儘管她不知道是哪一幅畫作。

洋子的母親被「他」殺害，然而，從犯行曝光開始直到現在，洋子心裡始終都未湧現對「他」的憤怒或怨懟。

與檢察官一起完成的調查報告上，雖然寫明作為家人被奪取性命的遺族而該有的憤怒，但她知道這並不是自己真正的想法。在進行調查報告時，她曾一度對檢察官托出自己內心的想法，但那一段話並未寫入紀錄裡。

其他人又是如何？

洋子窺看座位周圍靜靜坐著的其他被害人家屬。

每個人都有種默默忍受某種事物的僵硬表情，不過她當然無法讀出他們心裡所思。法官一一陳述判決理由，但她一句也聽不進去。那些只是喪失意義的記號而已。洋子心中一股衝動油然而生，她很想問問其他被害人家屬。

你們難道沒想過自己受他拯救了嗎？

斯波宗典

二〇一一年十二月二日

同日，下午四點四十七分。斯波宗典邊聽冗長的判決理由，腦中不斷思索著。得救了。

如果完全剔除表面上的偽裝，應該就無法否定這件事吧。

被醫生判定為自然死亡的父親，實際上是遭到殺害。那一天，剛好是聖誕夜。父親眼前出現的陌生白髮男人，絕非聖誕老人。父親得到的禮物不是玩具，而是死亡。性命被人奪走了。

然而，得救了。

憑藉死亡，他的父親以及斯波自身，確實都因此而獲救。

單純斷定殺人就是罪惡，這很簡單。但是，能如此簡單的世界，究竟存在何處？

對斯波而言，這樣的殺人並非絕對的惡。

然而，他也認為有審判的必要。並非是對殺害父親應得的報應，而是做為契機。

為了讓每個人都能慢慢接受這項事實，審判是必要的。但並非就此貼上善與惡的標籤，而是審判一事就有其意義。

終於，法官宣布：「被告應處死刑。」

這句話聽起來非常嚴厲。但實際上是因為法官的聲音嚴肅，或者是因為話語本身的重量，斯波無法分辨。

本來早已預料到的判決，但實際聽聞時，仍不知不覺倒吸了一口氣。

佐久間功一郎

二〇一一年十二月二日

同日，下午四點五十分。當判決的主文終於念完的時候，佐久間功一郎腦中並未思考任何事情。

或者該說，他已經沒辦法再次思考了。此一審判開始的時候，佐久間就什麼都沒聽見、沒看見，也沒有思考任何事情。佐久間對於殺害多達四十三人的「他」，甚至完全不知道。

但雖說如此，「他」在X縣八賀市光天化日之下默默殺人，此一機緣的產生，都是佐久間造成的。「他」被逮捕，接受制裁，在此一因果的川流上，絕對有佐久間。

不對，曾經有他。這件事應該以過去式來敘述。

因為佐久間已經不在了。

二〇一一年十二月二日

大友秀樹

同日，下午五點。這份公告，馬上從X地方法院，傳到人在東京，距離超過一百五十公里以上的大友秀樹耳中。

「他」的死刑判決宣判了。

一開始就知道會有此結果，只是，因為受害者的人數過多，從起訴到判決，耗了將近四年的時間。

「他」應該不會提起上訴。

大友對此十分清楚。

「他」真正的目的仍然隱而不顯。

一切都如「他」所預期。不只是殺人，還包括犯行曝光、法院的審判，甚至連死刑，都在「他」的計畫中。

大友發覺「他」真正的意圖時，「他」已經身處大友無法介入的法庭上了。開什麼玩笑！

大友心中湧現的是股近似憤怒而無法排遣的情緒。

同時，他耳朵深處又痛了起來。鼓膜的裡面，靠近中耳的地方，發熱且疼痛，還伴隨著聲音出現。耳鳴。

耳鳴又轉變為說話聲。

——悔改吧！

第一章　天堂與地獄

二〇〇六年十一月

大友秀樹

二〇〇六年十一月四日

下午兩點四十五分。非常晴朗的週末午後，清風徐徐吹來，溫暖得不需加上外套。今天，關東地區，白天有來自太平洋的暖氣團，讓人像置身九月的陽光下一般。

「簡直就像天堂一樣啊！」

實際參觀過後，大友秀樹覺得友人所說的這句話並不假。

美麗的庭園中央有噴水池，而在白色的涼亭裡，兩位老太太與一位看起來像是照顧服務員的女性正專注地編織。

老太太們的表情安詳平和，穿透樹葉縫隙間的陽光，彷彿祝禱般，灑落在她們身上。此情此景就如走入一幅畫中。

正對著庭園的三層樓建築，看起來巨大而雅緻。

「森林花園」，位於東京都南方八王子的安靜郊區，專門提供富裕人家付費使用，並附看護的老人之家。但是，與一般所謂「老人之家」，予人陰暗、骯髒，強制收容老年人的機構，全然不同。

大友陪著父親來到這裡，參加從今天開始為期五天的試住方案。

大建築物內部，仿高級住宅的模式，在入口處設有接待櫃檯，隨時都有服務人員。大廳鋪著紅地毯，上方吊掛水晶燈。暖色系的內裝設計與裝飾品，不僅整潔，甚至讓人覺得高級且穩重。理所當然，全館都是無障礙設施。

入住者的居室寬廣，可依個人喜好任選和式或西式房間。在房間內可設置個人專線電話，也有光纖網路系統可供使用，大友本來還懷疑這項設施是否有必要，但聽聞入住者中，八十高齡的老太太有自己的部落格，意外之餘也感佩服。

除了個人起居室之外，還有各種可依生活型態與喜好來使用的各種設施，包括有電漿電視的多功能大廳、可享受天然溫泉的大浴場、卡拉ＯＫ、畫室、健身房、視聽室，甚至還有陶藝創作專用的工作間。

看護制度是二十四小時制的全時看護，不分晝夜，照顧服務員都能提供入住者所需的協助。還有定期的醫生健檢，也有兩名護理師值勤，以應付各種突發事件。

職員也有證書，全職的工作人員也都上過知名飯店的訓練課程，個個應對進退的禮儀都數一流。

再加上飲食品質也非常高，與東京都內有名的餐廳合作，配合入住者的飲食習慣與特殊需求，盡可能設計出多種美味又營養的個人餐點。

所謂極致，或許莫過於此。

大抵上說來，需要照料的老人，與其待在自己家裡，不如到這裡，更能獲得舒適的生活。大友也不禁覺得如果上了年紀之後能這樣生活的話，應該非常不錯。

「嗯，還算可以。」大友的父親坐在電動輪椅上，在一樓大廳轉了一圈之後說。

「我們會竭盡所能，讓像大友先生您這樣的客人也能感到十分滿意。」

替大友父子導覽的佐久間功一郎是大友的朋友，他似乎將大友父親的話視為讚許。

他是這所老人之家的總公司綜合照護企業「森林」的營業部長，也就是跟大友介紹說「這裡就像天堂」的那個朋友。他們就讀於同一所直升的私立學校，從中學到大學，幾乎都座位相鄰，在國高中時還同是籃球隊隊員。

雖然能理解佐久間是在稱呼自己的父親，但聽到昔日同學在自己的姓氏大友之後加上先生的尊稱，還是有點不好意思。

他父親盯著櫃檯後方牆壁上掛著的一幅匾額，上面刻有聖經中的一節：

你們願意人怎樣待你們，你們也要怎樣待人。

注意到這個的父親點點頭說：「嗯，黃金律啊。」

「咦，王晶力？」佐久間聽了反問。他父親露出不滿的表情。

「什麼啊，你們自己掛在那裡，竟然不知道？」父親指著匾額回道。

「那是耶穌在加利利湖畔的山上對眾人所說的話語其中一句。希望他人如何對待自己，就如此去對待他人——這是法律與倫理共通的基本原則，Golden Rule，也被稱作黃金律。」

「您真是十分博學！」

處。

「好說。」

友人似乎看透父親而說些恭維的話，雖然父親未必全然接受，但應該已經搔到癢處。

大友家從父親那一輩開始就是基督徒，但不管是他父親或是大友自己，都不算是虔誠到可以很了不起的講解這些大道理。

大友跟他父親被領到體驗方案專用的房間。因為父親使用輪椅，因此只能選西式的房型。空間寬敞，看起來非常舒適。

「房間裡頭可以抽嗎？」

他父親豎起兩根手指做吸菸狀。

「可以。公共空間禁菸，但自己的房間裡就不限制。雖然負責的醫生可能根據您身體健康狀況而建議您禁菸，但我們也會考慮到，在盡可能滿足個人的興趣愛好之下，提高入住者的生活品質。」

大友的父親啟動電動輪椅移到窗邊，眺望高尾山的景色，口中念念有詞。

「在這樣的地方度過永恆的安息日似乎不賴啊。」

大友今年才剛過三十，但父親已經七十九歲了。

大約六十多年前，父親的老家因為空襲而全毀，他孑然一身來到東京，戰爭結束後，他以派駐的軍人為客源開始做起生意，那個時候，認識了隨隊的牧師，因此信了基督教。在信徒人數非常稀少的日本，雖然一概統稱為基督教，但從戰前到戰後，輸入日本的基督教可分為三大派別：東正教、羅馬天主教、新教。其中，以羅馬的教皇為首的羅馬天主教是世界最大的教派，重視教會的傳統與權威；新教則是反對羅馬天主教以教會為中心的信仰體系而劃分出來的各派系的統稱。否定教會權威的新教中，有些主張傾向視個人成就為神的恩惠，屬於信仰與資本主義式的營利活動結合度高的說法。雖然無法確定這種說法是真是假，成為信徒的父親，在戰後日本資本主義急速成長的狀態下，從事貿易，賺取大筆金錢。

現在儘管已經退休，但氣色還是很好，外表看起來也比實際年齡年輕。只是身體還是騙不過時間，長期腰痛惡化，已經無法站立。醫生的建議是，治療的話沒辦法在任何地方進行，但入院後只能躺在病床上度日，狀況反而會更加惡化，如果可能，還是尋找看護協助照料的方式比較好。

母親比父親年輕二十歲，但一年前卻因為癌症而去世。在那之後，父親就一直獨自生活。

大友是家中的獨子，父親也沒有其他突然冒出的私生子。一般說來，照顧父母是子女的責任，但大友因為工作的緣故，每一到兩年就得調動一次，很難跟父母同住。妻子要照顧才剛滿一歲的女兒，因此也不能將父親直接推給妻子照料，自己單獨赴任。當他正在為此苦思解決之道時，恰巧知道學生時代的朋友在照護企業工作，取得聯繫。

佐久間大力推薦：「如果有足夠的財力，那麼付費的老人之家是最佳選擇。」也數次帶來森林旗下的老人之家相關資料給大友。

不管哪一份介紹文件，最後一頁都是企業集團會長、也就是森林的老闆，跟現在已經當上總理大臣的保守派政治家握手的照片。

這位會長被視為傑出的新企業家，以人力派遣為中心的企業集團快速成長，現在他同時擔任經團連（日本經濟團體聯合會簡稱）的理事。在照護保險制度設立之前，買下九州當地的投資企業森林，進軍照護事業。

照片旁邊寫著會長的理念，以及現任總理大臣的話：「我支持森林！」

看見這本宣傳手冊的父親比預期的還有興趣，嚷嚷著「就是那個、就是那個」，然後參加試住體驗活動。

「如果我覺得不錯的話，可以就這樣直接住下來嗎？」

「是，當然沒問題。您在試住時入住的房間只是暫時的，但如果您希望的話，也可以直接轉為正式入住的房間。」

「嗯。好。不過我現在還沒法決定，只是先問問看。」

這只是擺擺樣子，看來應該會選擇這裡接受照護。

「真不好意思，我爸一講起話來又臭又長，囉唆個沒完沒了。」

佐久間介紹完一輪之後，大友的父親又跟他聊了兩小時，天南地北，從年輕時候的辛苦打拚、基督教的種種，還有對於近期時事的見解與評論，話題一個接一個，讓人很難打斷。中間大友幾度插話「差不多該……」，欲起身告辭，但最後卻直到晚餐時間，父親才停止閒談。

他們走出建築物時，已經不見一絲陽光。白晝雖如春日和煦，但到了這個時間，蕭瑟的風一吹，仍能感受到此季節的寒冷。

「別在意。聽客人說話也是我們的工作。都已經到了那個歲數，卻還能有條不紊講這些有內容的話，也是很不容易。至少讓我請一頓晚餐吧，因為就結果來看，你可是幫我介紹了一個大客戶呀。」

「也好，久別重逢，找個地方喝一杯吧。」

開車回到他住的地方千葉要花將近兩個小時，不管怎樣，他也都會先在路上找個地方吃飽後才回家。

「不過，要各自付費才行，即使是私人事情，接受利益輸送絕對不行。」大友又說。

「利益輸送？請一頓飯也算？」佐久間皺起眉頭。

「難說，有時候事情就會變成那樣。」

「什麼嘛！這麼麻煩！」

「唉，的確麻煩。」一邊說著一邊聳肩的大友，職業是檢察官，在千葉地檢署松戶分部工作的檢事。

羽田洋子

二〇〇六年十一月四日

同日，下午六點。窗外天色已暗，陰暗昏黃的燈光照著臥室。

簡直就是地獄。羽田洋子心想。

「你是誰？你想做什麼？不要碰我！你這個怪物！怪物！怪物！」發出吼聲的人是像怪物般的母親。

母親？

沒錯。雖然令人難以置信，她就是洋子的母親。曾經，非常溫柔的母親。

「你是最棒的！你是我活著最重要的意義！」

曾經，毫不猶豫地對洋子說出這樣的話的母親。

如今，母親不斷抓著滿頭散亂的頭髮，也認不出洋子，只是蜷縮著行動不便的身體。

在不久之前，母親還像靜止的風一樣安靜，在作為臥室的六疊大（約三坪）的房間裡，既不像睡著，也不像清醒，就那樣昏昏沉沉倚在半立起的復康床床鋪上。而洋子用湯匙送到嘴邊的粥，她機械式地吞嚥下去。

「媽，我要出門了，要先帶你去廁所嗎？」提前給她吃過晚餐之後，洋子問。她的母親稍微皺了眉。

「還是去上吧，好嗎？」

「啊……嗯……」

受到洋子催促，雖有點不甘不願，她母親還是拖拖拉拉地站起來。然後，靠洋子的協助，在床邊塑膠便桶的前面瞬間脫掉褲子與內褲。

母親像是回神般輕吐一口氣，然後睜大眼睛看著洋子。茫然的灰色眼眸閃爍著光。只不過，她眼中的神色滿是混亂與驚恐。靜止不動的母親突然變成一場暴風。

「你……是誰？」母親疑惑地問道。她似乎真的打從心裡不知道眼前的女兒是誰。

洋子不禁感到背脊發涼，但還是強自鎮定，一副安然無事的樣子，露出笑容回答。

「討厭啦，媽，是我，洋子啊！」

但是母親的臉上像是寫著驚恐二字。

「胡、胡、胡說，洋子才沒有這麼大。你、你、你是誰？要、要幹嘛？」

在她母親腦中，洋子仍是小女孩，站立在眼前的人只是陌生且行為鬼祟的女人。

儘管理解這點，洋子仍然手足無措，也只能一再重複：「不對，我是洋子啊！」

「騙人！你到底是誰？」

風暴襲來。

眼前有個陌生人。而且，這個女人究竟怎麼回事？竟然脫下我的內褲，讓我下半身光溜溜？她母親腦子裡只有這個念頭。

她母親變得狂亂而蠻橫。一邊朝自己女兒大喊怪物，一邊轉身欲逃。

「媽！停下來！這樣很危險！」洋子緊緊抱住母親，讓她無法移動。

「唧……唧……」她母親發出奇怪的聲音，扭頭伸長脖子便往洋子的手腕咬下。

「好痛！」洋子忍不住放開手，洋子的左腕、手肘下方都是母親的齒痕和血。

「媽媽！阿嬤！怎麼了？」

來到門口的人是兒子颯太。剛才他一直都在客廳打瞌睡，應該是聽到吵鬧聲而醒來。

她母親一看到颯太，眼睛就睜得老大。

「啊啊啊啊啊啊！」她母親開始大吼大叫。

「啊啊啊啊啊啊！」颯太反應跟她母親一樣。

年紀還小的颯太並不太理解外婆的情況，看到這情形應該覺得匪夷所思。

「你是哪來的小孩！小小偷！」

她母親像是變為厲鬼的模樣，盯著颯太看，口沫噴得到處都是。

颯太看到這樣充滿敵意的表情與聽見這些話語，意識到母親並非在惡作劇，臉色隨即黯淡下來。

「阿嬤，我是颯太，不是小偷！」

他還是小孩，所以應該非常震撼。颯太眼眶湧出淚水。

「是啊，媽，你弄錯了，不是那樣，颯太是我的孩子，也是你的孫子啊。」

「啊！」

她母親突然發出像受到電擊般的微弱叫聲，然後抬起下巴，接下來的瞬間，啪啦啪啦，出現爆裂聲。

與聲音同時出現的是，從母親圓滾滾的屁股啪答啪答落下黏稠的糞便。

「嗚……」洋子驚叫出聲。

與糞便一起瀉出的還有尿液，她母親的大腿一片潮濕。屎尿混合馬上形成一股惡臭，滲入鼻孔中。

「啊，阿嬤！大出來了。」颯太的臉皺成一團。

失禁的母親看著散落地板上的糞便，似乎想到什麼，而伸出手指去觸摸。

「噢、噢，太浪費了。」

她母親竟將沾了大便的手指含入口中，彷彿舔舐點心內餡。

一轉眼就全忘了自己便溺一事，而以為那是某種可以吃的東西。

「阿嬤，大便不可以吃啦！」對於眼前怪異事態逐漸擴大，颯太大喊。

「停下來！媽，停！」洋子壓制住母親。

颯太想要幫洋子的忙，漸漸靠近。

「啊，不可以，颯太，不要到這邊來！」

沒有聽見洋子的制止，颯太走向這邊來，腳卻踩到地上的大便而打滑，「哇！」颯太叫出聲，抓住洋子的腳。一些被尿溶解的糞便，因為颯太踩踏而四處飛濺，弄髒了洋子的腳與颯太的臉。

「幹嘛到這裡來？笨蛋！」

洋子提高聲調，想也沒想就打了颯太一巴掌。

颯太的臉頰染成一片火紅，哭了起來。打了兒子，洋子的手掌心還留有餘溫。

看著全身沾滿母親屎尿並且哭泣的兒子，洋子心如刀絞，眼睛啪答啪答掉下一顆顆豆大的淚珠。

一旁的母親似乎從方才的風暴中再度靜止下來，有些迷迷糊糊，但已恢復神智。

「洋子？小颯？」

她似乎認出眼前的女兒，但彷彿氣力盡失，眼睛無神而混濁。

「出了什麼事？」

母親並未看著任何東西，也不是詢問某人，只是出聲問。

母親、兒子、糞便、尿液、惡臭，以及眼淚。

出了什麼事？想要問的人，應該是洋子。

為什麼會變成這樣？

此般地獄究竟從何時開始？

現在多多少少和洋子與母親開始一起生活時有些不同。

X縣八賀市位於四面環山的盆地，夏天的暑熱就像蓋上鍋蓋的鍋子底部，冬天從山上吹來的風又像冰箱冷藏庫一般寒冷，昭和時代，作為衛星市鎮，人口急速成長，但並未有相應產業發展，在經濟泡沫化之後，緩慢而確實地失去活力。

婚姻失敗的洋子是在六年前回到這裡的娘家來。母親當時溫柔迎接洋子與才剛誕生的颯太。

那個時候，洋子三十八歲，母親七十一歲。

她父親已經去世，母親也僅依年金過活，洋子是唯一能賺錢的人，但是這個國家的社會制度對單親母親並不友善，每天為了溫飽就得耗去所有精力。

儘管如此，當時的生活並不像地獄。

母親常常感謝洋子，會跟她說：「你來跟我住，真是幫了大忙。」也會說：「每天都可以看到可愛的小颯，真讓人高興。」享受與孫子一起生活的喜悅。

祖孫三代的生活雖然有些貧困，但也快樂而安定。

一切變化始於三年前。

原本，輕微貧血的母親有服用造血劑，但與洋子他們一起住之後，她說：「沒有那樣嚴重，不節省一點不行。」所以停止用藥。

但是，或許因此而產生意外，母親站在車站的階梯上時突然暈眩，重重滾落而造成腰與兩腿複雜性骨折，生命雖無大礙，但是傷處癒後卻不見好轉。結果腳完全不聽使喚，如果不靠他人協助，無法自行站立。

如果要說，或許就是從那時開始轉為地獄。

洋子必須一肩挑起工作、育兒、看顧母親。當時雖然已經實施照護保險制度，但這制度就連一般的照顧也不容易申請。儘管有保險，但對獨力負擔全家家計的洋子來說，母親的照護費用仍是一筆相當龐大的支出。照護服務的利用範圍只限於如洗澡一類必須兩人以上共同進行的項目，一般日常照護還是得由洋子承擔。

即使如此，一開始，照料母親就算稱不上快樂，但也讓洋子有某種充實感。平時在超市打收銀機，週末就跟朋友到小酒館喝酒，偶爾，休假時帶著颯太，用輪椅推母親到附近散步。雖然洋子的身體有些承受不住，但一方面心裡覺得為了家人而粉身碎骨，一股不可思議的喜悅油然而生。

羈絆，家人的羈絆。如此美麗的詞彙成為洋子的動力。

如果母親可以平靜地度日，感激洋子的付出，或許，洋子也會覺得這樣的日子也是一種難得的幸福。

然而現實並非如此，而是一點一點地開始崩塌。

日常生活越來越依靠人協助的母親，當洋子工作的時候，也就是每日大半時間，都得一個人在家，對於喜歡外出，即使沒有特別理由也會到外面走動的母親來說，現在完全相反的生活，讓她的心產生扭曲。

變得很容易因為芝麻小事而囉唆不停；洋子一出門工作，就埋怨著：「明明知道我一個人沒法走出家門。」然而洋子休假時找她一起出去，她又會說：「我才不要出去。看到了外頭的人來來回回走著，看了就有氣。」把自己關在家裡。對於洋子協助她吃飯、上廁所，儘管感激，但也開始東一點西一點地找起碴來。

洋子並非不了解母親的感受，七十年來，理所當然一直支撐身體的兩隻腳突然無法隨心所欲移動，連外出都成了問題，因此難免對一切都感到厭惡。

而洋子也覺得母親會受傷，都是從與自己同住之後開始，這樣的罪惡感，重重壓在洋子心上。

現在，輪到她，如同先前母親接受她與颯太一樣，無條件接受母親。

一思及此，洋子盡可能地為母親奉獻一切。

但是，母親已不再說出感謝話語，送上餐點時，反而會說：「好難吃！根本吞不下去！」幫她擦拭身體時，她會說：「好痛！可不可以輕點？」如果安慰她，她會回：「不要說這麼讓人討厭的話！」到最後，她竟然說：「只要看到你的臉，就讓我一肚子氣。」

洋子對此也一再忍耐。

不只身體，連她的心都忍不住嗚咽，但洋子盡力壓制這一切。

不辛苦、不辛苦、不辛苦。真正辛苦的人是母親。我一點也不辛苦。

我不是會討厭照料母親那樣薄情的人。

我與母親的羈絆，絕對不會輸給種種困難，一定不能輸。

彷彿要強迫自己，洋子不斷自言自語。

但是就像有什麼東西在後面追趕，母親一天一天變得更怪異了。

不僅僅是叨念、埋怨，明明已經吃飽卻說還沒吃過飯；也會叫喚明明早就去世的父親；更常說出明顯不合情理的話；偶爾，天氣熱的時候卻說：「整個變冷了！」然後穿上毛衣、外套；沒有人說話，卻小心翼翼地說：「不要那麼大聲，不要生氣！」還會認不出洋子與颯太。

失智症——也就是現在一般大眾所說的老年癡呆或癡呆症。症狀不只包括記憶力、思考能力衰退，她母親的人格也改變了，母親變得不像母親。

這就是殘酷地切斷原本緊緊繫住洋子的家人的羈絆之緣由。

母親認不出盡心照顧她的洋子而膽怯地問：「你是誰？」這時，對她母親來說，洋子並非她女兒，而是不知哪兒來的陌生人。這比一再抱怨、挑剔更讓人苦惱。

家人的羈絆消失，陷入根本的現實中。

即使母親把她誤為他人，只要調查戶籍，做DNA鑑定，就可以輕易證明的事實，不論怎樣，母親就是母親。

她母親有時會認不出洋子，但因為是家人，所以必須照顧她。就只剩下這種義務感了。而這無法成為麻醉自己的理由，空虛與疲憊越積越重。

所以，就出現了地獄。

到此，洋子不得不承認。

好辛苦、好辛苦、好辛苦。

照顧母親好辛苦，好想要盡可能地及早從此般地獄脫身。

洋子停止哭泣，一邊安撫颯太，一邊盡量擦拭穢物，並在屋裡噴灑除臭劑。只是連徹底掃除的時間與力氣都沒有，只能大略處理。

她將颯太從房間帶到客廳去，用專門用於重播的DVD播放租來的動畫。

一聽到節奏輕快的主題曲，颯太止住哭泣，一屁股坐到電視機前。

洋子回到母親房裡，從壁櫥中取出數條皮帶，站到母親身邊。

剛才的狂亂就像一場夢，她母親恍惚地躺臥在床上，呆呆地望著天花板。

「媽，對不起……」洋子輕聲說，邊用皮帶將母親的右腕綁在床的欄杆。

母親一臉茫然。

然後，左手也一樣綁住了。下半身無法活動的母親，現在全身應該都不能動了。但以防萬一，洋子還是將母親的腳也綁起來。母親就像被製成標本一樣，固定在床上。

開始失智以後，只要洋子外出，母親就會從床上爬下來，雖然沒有走出外頭，但在沒有無障礙設施的家裡面，像毛毛蟲一樣到處爬來爬去還是十分危險，在此之前，也常常會從床上摔落下來。

因此，只要洋子較長時間無法在家，她就會像這樣綑綁母親。這景象讓人不忍卒睹，對一個人來說，就像被剝奪了相當重要的東西。

儘管母親向來很討厭手腳被綁住，但今天卻沒有抵抗，也許是方才一陣大鬧，精神錯亂的母親就如活屍一般，氣力全失。

洋子急忙化好妝，帶颯太出門。

他們家是木造的平房，洋子出生前，由她現在已去世的父親建造起來，因此已超過四十年了。灰泥粉刷的牆壁裂痕處處，現在反而很少見的白鐵屋頂下，壞掉的雨水導管搖搖晃晃垂著，比貓的額頭還小的庭園也已經雜草蔓生。

洋子牽著颯太的手，快步走在微暗的馬路上。

白天時尚稱溫暖，太陽西下之後，溫度急遽下降。

完全就是冬日的夜晚。

每隔數十公尺設立的街燈，燈光彷彿散發淡淡寒氣，讓體感溫度更為冰冷。

颯太只穿了一件長袖棉衫，但像是一點也不覺寒冷，哼著卡通的主題曲，身體隨著旋律晃動。似乎完全忘了剛才被打巴掌，心情很好。牽著洋子的手也很溫暖。

他們要去車站前的小酒館。沒有年輕的小姐或者氣派的客人，但有溫柔的老闆娘，是間氣氛很好的店。洋子只在週末晚上八點以後才會到店裡去。老闆娘像對待親人般對待洋子，甚至當她工作的時候，就讓颯太睡在小酒館二樓，老闆娘自己的住家裡。還好颯太並不討厭自己一個人睡，也不會在睡夢中驚醒哭鬧，颯太的這一點貼心令人感動。

單調地走著，洋子不知不覺想起想要遺忘的事情。

牽著颯太的手，就是剛才打他的那隻手。

她離婚的原因是丈夫施暴，從他們交往開始，就知道她先生會猛然暴力相向，但只能說因為迷戀而盲目，最後兩人還是結了婚。最嚴重的一次，是她前夫對懷孕的洋子拳打腳踢，讓她差一點流產。現在想起，仍然像是場噩夢。但也因為這次事故，洋子得以離婚。為了盡可能優先獲准離婚，所以贍養費與教育費都放棄。

因為有這段經歷，洋子曾經暗下決心，一旦離婚成立，她絕對不會動手打兒子一下。但是自從開始照顧母親之後，就一再打破自己的誓言，雖然知道不可以這樣，但一生起氣來，不論如何都無法遏止自己。

即使像今天一樣僅只打了臉頰，卻還是讓她心裡很難受，兒子摸著被打的地方而哭泣的模樣，緊緊揪著她的心。

看到因為父母虐待而死亡的小孩相關新聞時，自己也不禁動搖。

我跟那種父母不一樣。我不會犧牲颯太，我會保護颯太。

就算重複跟自己說再多次，洋子心底還是浮現不安。

真的能夠保護他嗎？保護現在手裡握緊的小手的主人？

洋子的心中，似乎出現了暗影。

我都能忍耐前夫的暴力，我一定也可以承擔照顧母親的責任。

這種狀況之後會持續多久呢？

我必須要忍耐到什麼時候？

只要離婚就可以逃離前夫，但是，母親呢？

到什麼時候？出診的醫生說：「您母親的身體很健康，會長命百歲。」洋子聽了臉部忍不住抽動。

長命百歲？

即便只活到平均壽命，那至少也還有十年。

像現在一樣的狀況一直持續下去？

年幼的颯太慢慢長大，今年已經六歲，明年春天就要上小學了。話也漸漸說得更清楚，自己的想法也越來越多。

但是，母親卻不一樣，她已經不會成長，今後即使不會惡化，也不可能好轉。隨著日子一天天過去，也會越來越無法溝通。

直到現在，洋子對於日本是長壽的國家這一點未曾深思，只是淡漠地覺得應該是好事，但現在只覺得這是相當大的誤解。

沒有其他事情會比「人不會死」更令人絕望了。

對於抱持這種想法的自己，洋子打從心底厭惡。

大友秀樹

二〇〇六年十一月四日

同一天晚上八點十分，大友秀樹跟佐久間一同去京王八王子站旁邊的洋風中華料理餐廳。

一進入店裡，他就先確認手機螢幕上顯示的三則訊息。擔任地方檢察的檢察官，即使在休假時，也必須保持隨時可聯繫的狀態，像今天一樣因為私事而到外縣市，就必須呈報。根據前輩檢事的說法，昭和年代稍微寬鬆，但進入平成年代開始，綱紀肅正的風氣高漲，因此形成相當嚴格的紀律。

「真的好久了！阿秀。這應該是高中以後，第一次一起吃飯吧？」點完餐後，佐久間說。他的聲音跟高中時差不多，但左手上多了高中時候沒有的名牌錶，閃閃發亮。

高中時期，與佐久間一起打籃球，幾乎每天都會碰面，就讀大學之後，不知何故就漸漸疏遠，出社會之後也一直都沒再見過面。

「是啊！佐久你在做介護工作，真是幫了我一個大忙。」

聽到大友說這句話，佐久間噗哧笑了出來。

「佐久啊！還真是讓人懷念。現在已經沒有人這樣叫我了。」

「我也一樣沒被再叫過阿秀了！」

中學時期的綽號，等成人後就自然消失了。

烏龍茶送到，他們舉杯。

「我啊，進入森林，也只是順勢而為的結果罷了。」佐久間原本任職於主業為人才派遣的母公司，因為業務手段佳，而以部長待遇外調成為森林的員工。

「就這點來說，受惠的人是我。高級老人之家的盈利比率非常高。所以，就像是一次妙傳。」

佐久間雙手舉到胸前，做出接球的姿勢。

看見這個令人懷念的動作，大友腦海也浮現出籃球鞋鞋底摩擦地面時的聲音。

「你還記得嗎？最後一場比賽的傳球。」

聽到大友的問題，佐久間似乎露出稍稍回想起來的神情，附和著：「啊，那一次啊！當然記得。」眼睛也瞇成一道細縫。

高三時的秋天。

在最後的大賽選拔大會預選時，因為編組的運氣好，進入前八強，而能參加下一階段比賽。不過，馬上就碰到優勝候補的強校。

整場比賽似乎都被對手壓制著，最後一局，時間剩下三十秒時，兩隊相差十四分，即使奮戰到底，卻已注定敗北。那一記傳球，就在那個節骨眼出現。

對手投籃投偏了，球強烈反彈。

中心的佐久間伸手截球，不管失敗還是成功取得球，都是最後的投籃。

大友沒有先確認球跑的方向就追上前，因為持續跑步而累積乳酸、已經舉步維艱的腳，拚盡全力奔跑；他背後的佐久間則順利搶得反彈球。

大友比對手更迅速回防，切入籃下。

「去！」

伸出右手大喊。

佐久間單手投出。深紅色的比賽用球像箭一樣射出。朝向籃板斜前方四十五度，也就是大友的移動目的地。到達絕無僅有的點，彷彿奇蹟般的長傳。

大友以右手接球，就這樣行進間投籃，跨步帶球上籃。哨聲馬上響起，比賽結束。

「中學開始的六年間，那是最棒的一次比賽吧。」

大友到現在依舊記得接到那記傳球的瞬間，球像是被吸進籃網般的正中目標，以及種種浮現的吉光片羽，甚至也想起來了右手碰到球瞬間殘留手中的重量。

「不過比賽終究是輸了。」佐久間一副百無聊賴的表情說著。當時佐久間就相當執著於勝負。

「但是雖敗猶榮啊。我們可是輸給全國優勝隊伍呢。我一直因為無法成為正式球員而多次想放棄，但最後卻能用這場比賽畫下句點，就慶幸自己沒有中途退出。」

大友會參加籃球社並沒有特殊的原因，中學入學時，聽各社團介紹，覺得似乎都還算有趣而已。個頭沒有特別高，運動神經也是一般，大友初中時一直只是候補，等到高中時，三年級才成為常規隊員。另一方面，佐久間參加過迷你籃球隊，中學時候非常活躍，是隊上主將，能夠強力引導隊伍的存在，對同學年的大友特別多了份親近感。

「雖敗猶榮，這種說法只有學生時代才行得通，出社會以後，許多事情上，輸了就等於結束了。」

超猛的主將如此說。也像是年紀輕輕就成為新興企業的部長的男人會說的話。

「或許吧。」大友並非全然同意，卻也無法反駁。大友置身的檢察官體系是個一般民眾不容許其失敗的世界。日本的刑事案件中百分之九十九點九都是有罪判決，無罪判決通常只有萬分之一，而對做出無罪判決的檢察官而言，幾乎就是致命的失敗。

餐點上桌。前菜：茄汁海鮮春捲與燻鴨肉。

「不過，既然是我幫你介紹的，實在不該問，但這樣沒問題嗎？你父親要是住進中心，將來你要繼承的財產不是會少掉一大半？」

佐久間夾了一片乳白色的鴨肉，邊轉換話題而如此詢問。

森林花園的入住金額將近三億日圓，如果決定入住，就得要處理父親持有的全數股票與不動產。

「嗯，一開始就沒打算要啊。」大友回答。

大友覺得，無論如何，父母親若留下財產給子女，的確是令人感激。不過，若是用在他們自己身上，那更好。

「真不愧是檢察官！一般人的話，應該做不到吧。」佐久間半帶嘲弄，苦笑著說。

「沒這回事！」

「說到這……」佐久間像是突然想起某事，「說要停止逃票的人，也是你吧？」

「逃票？」

大友聽得一頭霧水。

「集訓時的電車。」

「啊……」大友想起來，那跟最後一記傳球的鮮明印象不同。那是比賽的數個月前，高三夏天發生的事。

每年籃球社都會到荒涼的深山裡進行夏季集訓，距離集合地點最近的車站是無人管制的車站。籃球社顧問會自行開車前往，因此只有學生搭電車。逃票是社裡祕而不宣的傳統。

但是大友卻對這項傳統產生罪惡感，因此，當他升上最高年級時，就對大家說：

「說起來，我想還是老老實實地付錢比較好吧？鐵路公司耗費成本營運電車，未出社會、靠父母親的錢生活的我們，應該不能將踐踏認真工作的人當作傳統。對於我接受的服務，我要付出同等的金額。」

雖然這樣可能破壞社團的氣氛，但罪惡感終究占上風。

還好其他社員也同意大友的看法，籃球社的惡劣傳統總算停止。大友依稀記得，那時佐久間也附和說：「阿秀說得很有道理。」

「從那個時候開始，你就非常認真呢。」佐久間浮現隱隱笑意。「果然，基督徒的教養就是不同。」

「這很難說。我爸並不是那麼虔誠的人，而我則是信仰與生活不一致的偽基督徒。」

這是大友內心真正的想法。
雖然知道自己總是被周圍的人稱為認真到不知變通的人，但大友不覺得自己真的是虔誠的信徒。
在基督教家庭中成長，自幼就已受洗，上國中時，父親就送給他聖經，作為入學禮物。即使到現在，只要碰到無解的難題，他也會翻閱這本書；聖經中一些章節也讓他感動。不過也僅止於此。
他將聖經視為格言集，而其中所謂的「真實事蹟」，他覺得那完全是創作出來的故事。對他來說，他認為比起創造論，進化論才是正確的；耶穌被釘上十字架而後復活之類的故事，他無法隨意接受。聖經中的記述都是故事。若已經不太做禮拜，日常生活中也感受不到神蹟的話，就不會想要祈禱。
大友的生活態度比較接近無神論者。因其所屬教派在清教中亦偏向自由主義神學的立場，所以對大友這樣的態度並未加限制。然而，自己的心中是否存在超越知識的信仰，對大友來說，仍是疑問。
「總歸一句話，你父親很幸福啊。在電話中也說過，平常如果需要看護的話，進入付費老人中心是最好的方式，如果有錢，盡量選擇服務多元、完整的高級地方。」
佐久間吃了一口沾滿血紅色番茄醬汁的春捲後，繼續說。
「雖然也有收費較低廉的老人中心，但目前不管是哪裡，幾乎都超過能容納的人數，數百人排隊等候著。再加上設備、人員與服務方面都會反映其收費，有些地方甚至像收容所，接近虐待的『照護』也層出不窮。」

「這樣啊……」大友自己沒有承辦過，但知道即使在千葉也有特別養護老人之家的虐待案件。

「居家看護因人而異，但可能陷入束手無策的悲慘狀態，特別是對照料人手少的小家庭來說，更是難以承受。

有些政治家反對照護保險，認為這樣會使『照料家人的日本美德』消失，家人的照料根本是日本的詛咒，我就認識一堆因為在家照顧而引發精神疾病的媳婦或女兒。在你面前講這些雖然很奇怪，但演變成為殺人或是同歸於盡的例子可是時有耳聞。」

「不過，為了這一些人，所以才設立照護保險吧？」大友問。

六年前，也就是二〇〇〇年，日本開始施行照護保險制度。

佐久間輕哼一聲，輕蔑地笑。

「很可惜，照護保險並不是幫助人們的制度。根據照護保險，人被分成兩類，可以獲得協助跟無法獲得的人。」佐久間吃掉剩下的春捲，邊嚼邊繼續說。

「國家施行照護保險制度真正的目的是將原本隱藏在檯面下的照護帶到商業的舞台上。你知道現在六十五歲以上的老年人口占日本總人口的比率是多少嗎？」

「不知。」大友搖頭。大家都說高齡化，所以比率應該相當高，卻不知道實際數字。

「大約百分之二十，每五個人中就有一個是老人，所以約有兩千六百萬人。」佐久間說。

聽到這個數字，果然驚人。

「現在日本面臨人類至今未出現過的高齡化現象，這十年來，經濟停滯、稅收毫無增長，但是社會保險費卻膨脹到二十兆以上，這完全跟老人福利、社會高齡化有關。進一步來說，即使已經如此，但這也僅僅只是開端，因為再過不久的將來，被稱為團塊世代、數量異常龐大的這一代人，都會變成老人。

如果任憑發展，不遠的將來，這個國家的福利會被老人坐吃山空而失去功能。健康保險制度潰敗，醫院會變成長期臥床的老人收容機構。即使因為急症病倒，不論何處的醫院都因老人太多，而找不到醫生，這種狀況很可能會發生。更正，在醫院稀少的地方，已經出現這種狀況了。

為了應付這個問題，厚生勞動省成立『高齡者照護對策本部』，設計出照護保險制度。但其中又混雜不清地劃分成以醫學治療為主的『醫療』和以生活協助為主的『照護』，然後以『社會保險』這種堂皇的名目向社會大眾徵收照護保險金。將藉此方式收集到的錢作為資金，再以市場原理使照護獨立，這就是負責人員所畫的藍圖。這樣一來，就會迅速整頓照護人員之類的資格，促使像我們這樣的營利企業加入，視老人福利為商業而委託民間負責。這就是照護保險的功能。」

對完全是門外漢的大友來說，佐久間的話真假難辨，但聽起來卻很有真實感。

福利委託於外，而照護保險就成為實施此方式的資金來源。於此就衍生牽涉巨額利益的權利與權限。一方面進行社會制度改革，一方面節省支出，暫且不論其好壞，這的確像是負責人員會有的想法。是一丘之貉。

「基於照護保險的照護被視為商業行為，就被套入資本的理論之上，也就是說，為了取得照護，就需要付出相當的金錢。

如果使用照護保險，就可以給付照護所需金額的百分之十。但是，這與健康保險可以無限制使用不一樣，大抵來說，並不限於本人真正所需的照護範圍內。

結果，想要接受完善的照護，超過照護保險給付的部分，使用者必須自行承擔費用。實際上，付費老人之家大多都有提供自費的服務。這一方面都是非常仔細、內容很好的照護。這就不受制度影響，穩定經營。

像森林花園這樣收取以億為單位儘管比較特殊，但能夠提供清潔、同樣等級服務的老人之家，想要進去的話，最低也要兩千萬到三千萬日幣。能夠支付這樣龐大金額的人當然只有富裕階級才能到達安全地帶。就像你父親呀。」

安全地帶這個詞帶有令人不快的感覺，聽起來有些刺耳。不過大友什麼都沒說，只是點點頭，邊用筷子夾起鴨肉，進食的時候，耳朵深處出現些微的疼痛。

「最近，常常可以聽到差距這類的詞，在這個世界上，最赤裸裸的差距就是老人的差距，特別是到了需要照護的老人之間差距非常殘酷，在安全地帶進入老人之家的老人可以接受無微不至的照料，但另一方面，也有些老人因為照護負擔過重而壓垮家人。

即使施行了照護保險，『照料家人的日本美德』依舊存在。尚有許多家庭因為照護而精神衰弱或憂鬱症的狀況依然持續。」

佐久間像是愉快地閒話家常般繼續談論照護業界裡的沉重話題。

大友的耳朵深處，小小的耳鳴伴隨疼痛而生。用餐之間，像是跟著佐久間的話加速一般，疼痛與耳鳴也更加劇烈。

歸途中，從路況報導得知高速公路八王子交流道嚴重堵塞，因此大友走一般國道。剛好楓葉最紅時與黃色的銀杏並列的甲州街道往東行。

大友握著方向盤邊重新思考從佐久間那裡聽到的話。那段談話中，並無特殊意味的「照護商業」的說法，顯然蘊含不妥之處。「照護」與「商業」，無法相容的兩造卻被結合在一起，產生了像是複合體那般的怪異感。只是，邁向極度高齡化的日本，可能也有無法不使用那種複合體的狀況吧。

用餐時候耳朵深處的痛楚還留著痕跡。

這是從他小學時患了中耳炎之後留下的後遺症。儘管中耳炎早就完全痊癒，但他的耳朵深處有時候仍會感到痛楚，疼痛與耳鳴同時襲來。

雖然有強弱之分，但大抵只要不加理會，也多少還能忽略，並不會出現實際傷害。只是客觀反映自己內心的氣壓計。總而言之，心因性壓力出現的時候，耳朵就會痛起來。例如，在籃球社的時候，夏季集訓時逃票，耳朵裡就一直疼痛。

這次會變這樣，應該是因為聽佐久間談照護業界的狀況，覺得無法輕鬆閒談吧。

經過都心開始的國道六號，朝向自家所在處松戶的市鎮前行途中，與有森林花園標誌的廂型車擦身而過，時間已過晚上十點。那輛車應該是執行夜間巡迴照護。

森林花園提供一年三百六十五天，一天二十四小時完全無休的到府照護服務，電視廣告強力播放，根據佐久間的說法，去年的市占率在照護業界已躍居第一。

「出現差距，實際上就是財富差距。在日本，差距最大的就是老人，然而最有錢的也是老年人。

日本的個人金融資產總額有一千四百兆，其中四成都在六十五歲以上的老人手裡，國內存有如此額度的金錢，但是景氣卻越顯低迷，原因就在於這些錢無法好好運轉。因為老人並不使用金錢。像我們這樣的企業，死命匯集這些錢，也有促進金錢在市場上循環的作用。」

佐久間的主菜是ＸＯ醬烤豬排，他一邊動筷一邊輕鬆地繼續說。話題是關於森林花園的照護事業目前相當順利的發展。

「我們的目標是將集中在老人手上的財富全數取得，也就是獨占市場。照護是看得見實際成長的產業，也受到許多投資人的關注。事實上，我們的事業能持續擴展的話，股價也會上漲，再以急遽上漲所得的時價總額來併購同業，事業版圖更形擴張，同時又會帶動股價上漲，如此反覆結果，我們就會獨占市場。目標一旦達成，就會獲得無法計量的利益。」

從佐久間口中，與XO醬氣味一道吐出的言詞，就像確信千年王國會到來的原理主義者一樣。

雖然可以視為向來好勝的佐久間可能說的話，但其中也有故意強調的意味。學生時代受人信賴的佐久間現在似乎有些危險。

市場獨占，無法計量的利益。

這對以從事照護這方面的福利為主的企業來說，大概就像應許之地吧。

剛才擦身而過的廂型車上的照護人員，應該也知道公司在此方面的考量與企圖吧？

斷斷續續在思考這些問題的時候，已經可以看見自己家了。老舊的平房官舍，只有廚房窗戶流瀉出溫暖的燈光。應該是哄女兒睡覺的妻子玲子邊讀書或什麼的，邊等大友回來。

大友從車子裡出來，偶然抬頭望著夜空，看見特徵明顯的相連的三顆星，而圍繞這三顆星的四顆星星呈四角形掛在天空。

獵戶座。

應該也是最知名的冬季星座。

海神波塞頓之子奧利安，擅長狩獵的巨人，雖被視為英雄，但其性格火爆，據說是個殘暴完全不輸其技藝的人。守在獵戶座旁，是包含了與跟隨奧利安的獵犬同名的一等星天狼星的大犬座，在它腳邊則是捕獲的獵物——兔子座。

獵戶座右肩處的紅星是參宿四，屬於冬季大三角之一的一等星，但是不安定的紅色超巨星，預測再過不久，就會因為超新星的爆炸而消失。

驕傲的巨人，在晴朗無雲的黑幕上，閃爍著虛幻的星光。

「他」

二〇〇六年十一月四日

同日。晚上十點二十六分。「他」將車子停在X縣八賀市某一住宅區的投幣式停車場中。

熄火後，從上衣口袋拿出一個類似攜帶型收音機的灰色機器。「他」束攏長長的白髮，戴上耳機。

凝神細聽一會兒，沒聽到絲毫聲音。確認完畢後，「他」取下耳機，將機器放回口袋。接著打開儀表板，乍看之下很簡單的雙層分隔，挪動之後，出現一個黑色肩背包。

「他」將背包拿在手上下了車。

天空萬里無雲，星星耀眼。「他」對星座一無所知，卻也一眼就看到獵戶座。

他要去停車場正後方的一間房子。老舊白鐵皮屋頂的水泥建築。門口掛的名牌上寫著「羽田」。

「他」知道這裡。

這一家的主人是羽田靜江，七十六歲。「他」即將「處置」的對象。與女兒跟孫子一起住，但現在女兒帶著孫子出去工作。為了以防萬一，已經先確認聲音，現在家中應該只有靜江一人。

「他」就像是住在這房子裡的人一樣，非常自然地走到房子後面，打開通往廚房的後門，進入屋裡。

這一代的居民大多如此，不過這一家的人即使晚上也不會將廚房的門上鎖。

「他」進入屋內後，走向與廚房相通的靜江的臥室。

臥室的紙拉門緩緩打開，方才應該已經睡著的靜江，躺在床上眼睛仍睜開，因為失智症而無法分辨白晝與夜晚的情況並不少見。

仔細一看，靜江被用皮帶固定在床上，「他」的背包中雖然也有綑綁手腳的毛巾，今天就派不上用場了。

靜江恍惚地看著「他」。

「老公？」靜江出聲喚「他」。

可能跟她去世的先生長相相像，或者兩人都是滿頭白髮吧。

「不是。您的丈夫已經死亡了。」「他」緩緩地說。

靜江呆滯了一會，臉色大變。

想到對方說自己的丈夫已經去世，那現在站在眼前的這個男人又是誰？或許因為這樣而混亂不已。

「你是誰？」靜江怯生生地問。

靜江似乎不知道自己是不是見過「他」，因為有時候她連自己的女兒或孫子都認不出來。所以她會疑惑，也是情有可原。

「他」並沒有說自己是誰，直接靠近靜江。

「喂，你是誰啊？」

「他」來到靜江旁邊，跪下來，手指輕撫綑住她的皮帶。

「這樣處置，減少了我的麻煩，很快就會結束了。」

「他」從背包中取出一支細長的筒子，貼在靜江左手肘內側，是注射器。管中注滿深褐色的液體。

針頭藏入皮膚的皺紋之間，刺進胳臂裡。

「欸！欸！欸！」

「他」不顧滿臉疑惑的靜江，壓下活塞，手指彷彿機器一般分毫不差。注入。

像是符咒一般的液體侵入靜江的身體。

好像還無法接受眼前事態而瞠目結舌的靜江，數秒後，身體激烈痙攣。

「啊、呃、啊！」

嘴巴大張，被綑綁的手腳不住顫動，靜江的反應並未長到可以稱得上掙扎的時間，就像線被剪斷一樣，受重力牽引而全身癱軟在床上。

「啊……」

發出最後輕輕一聲，靜江死亡。

房間裡只剩下「他」些微緊張的呼吸聲。

「他」擦去靜江嘴角滿溢的唾液，闔上她張開的眼睛。在手肘內側注射的地方用脫脂棉壓住止血。

「他」平靜地處理，動作淡漠。沒有沉澱也沒有顏色，果然如機器一般。

注射的痕跡是否可能被皺紋或斑點掩蔽，並不十分確定。

這次「處置」也順利完成。

這樣看起來，靜江是平靜地離開。

「他」走向寢室角落的櫥櫃後方尋找插座，將那裡插著的小型三叉插頭拔起來。並未連接電源線，看起來就像裝飾用的東西插在插座上。靜江當然不會記得，就連她女兒洋子也不會記得究竟何時開始這東西出現在此，而今天這東西消失了，她應該也不會發現。

乍看之下是隨處可見的插頭，其實是竊聽器，從插座取得電源，可接收半徑約兩百公尺範圍內的竊聽電波。

現在已經沒有必要再將竊聽器留在這裡了。

「他」將竊聽器收入背包，離開寢室。

羽田洋子

二〇〇六年十一月五日

隔天，午夜一點零七分，羽田洋子背著沉睡的兒子，在家門前下了計程車。

週末打工的小酒館直到半夜十二點半才關門，洋子要回家最快也要等到這個時間。因為颯太已經睡著，所以總是搭計程車。走路就可以抵達的距離，計程車只會跳表一次，但考慮到家計，仍會覺得可惜。只是不想勉強喚醒睡得香甜的兒子，叫他走路，而且他已經太重，洋子也沒辦法背著他走路回家。最近，即使從家門前把颯太背到房間，就讓洋子越來越力不從心。

這時候洋子會忍不住想，如果有男人幫忙就好了。

她並非沒考慮過再婚。

也不僅只因為颯太。雖然已年過四十，洋子還是女人，夜裡依然會感到空虛寂寞。她自信條件還不錯，小酒館的常客裡，也有幾個人應該對她有興趣。

只是，身上背著包袱，有那樣的母親，應該很勉強吧。

她邊想著這無用的事情，邊將颯太放到棉被裡，然後打開後面房間的紙拉門，探看裡面狀況。

看見她母親閉上眼睛躺在床上。

對母親來說，已經完全沒有晝夜之分，她常在半夜中醒來，今天似乎睡得頗沉。

不過還是傳出常常聞到的惡臭，應該是她邊睡邊排泄出來。不過，要叫醒她有點麻煩，而且她也穿著尿布，洋子想，明天再處理應該沒關係。今晚就先睡吧。

洋子關上寢室的紙拉門，只卸了妝，就鑽進颯太的棉被裡。

因此，她注意到事情不對勁，已經是早上了。

七點過後，先起床的颯太打開電視，傳來的聲音叫醒了洋子。兒童節目輕快活潑的旋律。

洋子拖著還沒甦醒的身體到廚房裡，洗把臉後，俐落地做好飯糰與煎蛋捲，給颯太當早餐。然後才看看母親的臥室。

她母親像昨晚一樣睡著，從她出現癡呆症之後，睡眠經常是斷斷續續，像這樣長時間沉睡的狀況甚為稀少。因此，在察覺異狀之前，洋子還是先想到這真是讓人感激。

洋子想趁母親還睡著的時候解開綑綁的皮帶，幫她清理下半身。她走近母親，先解開腳踝的皮帶，然後再解開手的。一碰觸到母親的手腕，洋子嚇了一跳。

冰冷。

正確來說，並非接近零度那樣的冰冷，而只是肌膚失去溫度，降到與室溫相近的程度。但這不尋常之感卻很強烈。

然後她也注意到了母親的臉色比平常更加蒼白，也沒有傳出鼾聲。

洋子倒抽了一口氣。

莫非……

她顫抖著觸摸母親左胸。

原本應有的有節奏的跳動消失了。

死亡了？

洋子感到全身狂冒冷汗。她移動到客廳去打電話，一一九。當然，她覺得母親是自然死亡，所以不是打電話報案，而是撥急救號碼。

等待的這段時間，對洋子來說，似乎就像急速前進。

首先是接獲通報的急救人員抵達。在寢室裡檢查心電圖，確認死亡。

「很遺憾，您母親已經死亡。像這樣在自家中死亡的狀況，必須請警察來調查才行。」急救人員說明之後就打電話到警察局通報。

不久後，附近派出所的警察，以及與尾隨而來的穿西裝的刑警兩人，終於出現。這幾個警官檢視臥室的狀況，並拍照存證。

不明白到底發生什麼事情的颯太，看到穿著制服的警察來到家裡，一臉稀奇，想要一探究竟，而讓洋子非常為難。

溫和、圓臉的中年刑警態度和藹地詢問洋子。

「昨天晚上您母親的狀況如何？」

「最近兩三天，有沒有出現不尋常的事情？」

「最後一次跟她說話時，是什麼樣的感覺？」

「房間或家裡有沒有什麼東西不見了？家具或器物的擺放位置有沒有改變？」

「從昨天到今天早上，你們做過些什麼？」

因受颯太在一旁糾纏的影響，洋子訥訥地回答。

「好，我們清楚了。您辛苦了。詢問這麼多問題，真是抱歉。根據我們做的遺體檢驗，是昨夜去世，當時您應該還在店裡工作，並沒有可疑之點，考慮到年齡，應該可以推斷為自然死亡。」刑警如此總結。

如果是這樣，昨夜回家後，看到母親在房間裡睡著的時候，應該就已經死亡了。

「稍後，我們會請醫生到這裡來確認死因，如果不做的話，就無法開立死亡證明，也無法舉行葬禮。啊，如果可以的話，後續的葬儀社也可以一起由我們來安排，實際上，警局有配合的業者，可以取得相當便宜的價格，您覺得如何？」

洋子對警察局竟能提供葬儀社的安排感到相當驚訝，順從地點頭。

警察馬上以手機聯絡法醫與葬儀社。

一會後，市內葬儀社的業務人員與附近經營個人醫院的老醫師來了。老醫師與警官開始檢驗屍體的死因與判斷死亡時刻，此間，洋子與葬儀社的人在外頭等候，葬儀社的人跟洋子說明接下來到葬禮時的程序與安排。

檢驗屍體大約花了三十分鐘。老醫師告訴洋子他判斷的原因為何。

「請您節哀順變，令堂是因為心功能不全而死亡。時間是昨夜十一點左右。」

「她女兒正在上班，家裡沒有其他人在。」旁邊的中年刑警附加說道。

「因為是驟然死亡，我想應該沒有什麼痛苦就去世了。死亡診斷書明天早上之前就會完成，請在您方便的時間前來領取。過了這一條路馬上就會看到。」老醫師邊說邊將一張畫有地圖的名片交給洋子。

調查結束，警察與老醫師離開，只剩下葬儀社的人員留下來，繼續與洋子討論後續事項。

葬儀社人員針對沒有其他親戚、且為單身母親的洋子，提出在自家舉辦的最低價方案，並且說明，如果奠儀不足以支付喪葬費用的話，亦可申請分期付款。

等到商量完畢，葬儀社人員離開，已經過中午了。

洋子本來應該去超市打工，所以打電話說明狀況，請假一天。

她到便利商店買便當跟颯太一起吃，吃完後讓颯太看卡通ＤＶＤ，洋子獨自在浴室泡澡。

彷彿一瞬間。

早上發現母親死亡之後，事情似乎瞬間開始前進。就像預先鋪好了軌道，洋子只是回答問題或者點頭回應，連自己都很驚訝，母親的死亡平順地處置完畢。

對於一個人來說，一生中唯一一次的「死亡」，即使是這樣特別的事件，在許多人居住的這個小地方，還是如日常一般運轉。就像洋子在打工的超市秤斤論兩販售熟食一樣，遵守一定的順序，有效率的處理。

溫度稍高的熱水，慢慢讓洋子身體溫暖了起來。消除了緊張，僵硬的肌肉也緩緩放鬆，溫暖的血液似乎循環全身，連指頭都能感受到。

真舒服——

在浴缸中，已經很久沒有感受到這種舒暢。

母親死掉了，地獄結束了。

在不知不覺中，洋子臉上浮現微笑。

啊，現在已經不用照顧母親了，也不用再受母親謾罵了，更不必再用皮帶將母親綁在床上，也不用再幫母親擦屁股了。所有這些，全部——

——全部都沒辦法再幫她做了。

意外湧起的情緒，讓她心中一陣酸楚。

小小的，卻又清清楚楚的失去感。

照顧母親很辛苦，真的很辛苦，讓人厭倦，就像地獄。打從心底希望能快快結束，一直在期待這一天來臨。明明如此……

「媽媽……」

從小不知叫過多少次了，現在，已經沒有可以叫喚的對象。

洋子的眼角落下一滴淚珠，滑過臉頰，消失在浴缸裡。

斯波宗典

二〇〇六年十一月九日

四天後，下午四點四十九分。斯波宗典駕駛著車子，在X縣八賀市東西向橫貫縣道上前行。

「話說，羽田老婆婆啊，今天是她的守靈夜吧？她的驟逝，真是幫了她女兒一個大忙。」坐在助手席的豬口真理子十分輕率地說。

「沒有人會這樣說吧？」坐在後座的窪田由紀不高興地回嘴。

「好，好，對不起啦。」

真理子只是隨口敷衍，一點也不在意。由紀強忍怒氣，默不作聲。就跟往常一樣，這兩個人個性實在南轅北轍。

握緊方向盤的斯波輕輕嘆口氣。

男女三人共乘的這輛車，後座是與廂型空間連在一起，放置了鍋爐與幫浦等器材，還有附加搬運把手的可攜式浴盆，沉甸甸地坐鎮其中。

這是巡迴沐浴車。會到那些在自己家中不便洗澡、需要照護協助的老人的家，提供協助洗澡服務的車輛，車體外罩防水布，上頭有森林花園的標誌。

到府沐浴服務，大抵是由像他們一樣三人一組輪流到使用者的家去。

駕駛座的斯波是操作員，負責開車與管理浴盆的設置和其他器材的使用。現年三十一歲，是三人之中唯一的森林花園正式員工。

斯波隔壁的真理子是護理師，在使用者洗澡前後給予活力檢測，防止事故產生，擔任預防的職務。她是四十歲到五十歲之間的家庭主婦，一週三次的兼職人員。

斯波斜後方，臭著一張臉的由紀是照顧服務員，幫忙提供洗澡服務。今年春天才剛從短期大學畢業，她也是打工，以這份收入維持生計的自由工作者。大抵是全時工作，每週五天。

這個國家中，有許多都市都是如此，八賀市每年老年人口所占比例持續攀升，因此照護服務的需求也相當高。今天也從早上開始就做了許多件服務，現在正在歸途上，前往事務所——森林花園八賀照護中心。

進入十一月，即使是這個時間，天色也已經完全暗了下來。前車燈照得到的範圍內，並無前面車輛的蹤影，也看不到對向來車。這一條道路不管何時都空蕩蕩，恐怕當初只是為了某一工程所需而建築的道路吧。相對於車流量的稀少，車子卻可以在寬廣的四線道上前進。

「不過，羽田太太，真的很嚴重不是嗎？」

他們現在正在討論的是每週兩次的頻率，使用到府沐浴服務的顧客羽田靜江。前天，事務所接到她因為心功能不全而死亡的通知。

真理子繼續輕浮地說。

「她女兒是離婚回老家的單親媽媽，光是這樣就很辛苦了，靜江婆婆臥病在床，又加上癡呆症，早早驟逝，不是大大減輕她的負擔了嗎？那個女兒，人品還不錯，老太太不在了，說不定可以再婚吧。」

的確，靜江癡呆症越發嚴重的傾向，每天要讓她洗澡就得耗費許多功夫，每次看到照顧她的女兒，都覺得她看起來非常疲憊。

斯波自己十分了解一個人要照顧失智老人究竟是多大的負擔，數年前，高齡的父親需要照護，結果，就一直照顧他到往生為止。他會進入這個行業，也是因為有此經驗。

「真是的！豬口小姐，你怎麼能這樣說？她去世了啊。」由紀似乎已經無法忍受，脾氣再度升高。

「不過啊，從我到醫院工作開始，將近二十年，都在照護的現場，看到許多即使需要重度照護，卻應該可以活得相當久的老人，都在恰當的時候猝死。」

聽到真理子這種街談巷議、想像力作祟的言論，由紀整張臉變得鐵青。

「你該不會是要說，他們的家人殺掉他們吧？」

「這怎麼可能啦！不過，也無法斷定一點可能都沒有吧？」

「這絕對不可能，斯波先生，警察會調查吧？」

「啊，嗯……」突然被點名的斯波聳聳肩答道：「在自己家裡等地方，對於沒有醫生在側而死亡的人，警察會來調查，但並不當作是『案件』，這是他們的原則。」

斯波的父親死亡時就是如此，而他從事這份工作之後，也有不少使用者在自家中身亡。儘管非常稀有，但他也被警察詢問過死者生前的狀況，只是到目前為止，就他所知，顧客去世後，被當作案件而進一步調查的例子卻一次都沒有。

「看吧，豬口小姐你一定是推理劇看太多了。」由紀略帶責備地說道。

不過，真理子一點也不顯慚愧，自顧自地大笑。

「哈哈哈，這點你猜對了！我超喜歡看的，不過，這樣想像，不也很有趣嗎？」

對於真理子這種態度，由紀忍不住發火。

「你也要有點節制吧！那一點都不有趣！」

她們兩人應該就是所謂的水火不容吧。

經驗老到的真理子說話很低俗，就像以前一度流行的說法：「無恥的歐巴桑。」總是毫無顧忌的說，照護工作只是賺點零用錢花花。她全然不是那種會有所斟酌的人，只是因為長期的經驗累積而能有效率的完成工作。

相對來說，由紀的資歷尚淺，動作也不夠熟練，但是認真地抱持理想的對照護工作，她是自由工作者，一方面當然也是靠這份工作來生活，但可以說，她是很誠摯地面對這份工作。

如果從這般嚴肅認真的由紀的角度看來，照護期間照護對象死亡，真理子胡亂猜測、引為笑談，應該絕對不可原諒。

只是，斯波覺得，如此認真的由紀，也是一種危險。越是認真的人，一遇到挫折就會馬上辭職。而照護工作中，充滿許多會讓人十分受挫的狀況。

斯波開著到府沐浴服務車回到森林八賀照護中心時，約莫過了下午五點。他下車時，月亮與獵戶座隱隱浮現在空中。

打工的真理子與由紀結束工作，但斯波還得繼續處理後續事項。他在停車場清理與維修洗澡車，之後還要繼續以夜間到府照護的照顧服務員身分出勤。

在高舉二十四小時無休服務的森林，社員的工作時間是十二小時兩班制，每週三天，是從早上九點到晚上九點的白天班，而晚上九點到隔日早上九點的夜班，則是一週兩天。形式上是週休二日，但真正的工時卻遠超過法定的工時。

他在清除幫浦裡的水時，腰痛了起來。

搬運沉笨重的可攜帶式浴盆、加上常常需要攙扶腳無法站立的老年人，這些情況中很多都要出力，就容易腰痛。尤其最近每天到府服務的件數增加，工作越來越繁重。

由於今年──二〇〇六年──四月照護保險法修正，到府服務式事務的報酬調降，森林花園本社的因應措施，是讓各營業所的接案數量增加。結果就變成現場人員的負擔增加。當然，薪資並沒有因此而提高。

進公司四年，斯波的薪水約十八萬，擁有普通執照與看護二級資格的三十一歲男性，腰痛，還有長時間勞動，這樣的代價實在太低廉。

森林開始在媒體上大打廣告，反覆收購同業，一躍成為業界第一。連現任總理大臣都相當支持的會長也成了商業雜誌上所謂時代的寵兒，但是實際的照護現場跟形象上的光鮮亮麗差距極大。

薪水少、工時長、工作辛苦。

如果跟像真理子一樣有照護經驗的人來說，「工作環境比以前更為糟糕。」實施照護保險制度之後導入的市場原理，工作量增加薪水卻減少。

從事務所中走出一位白髮紳士，朝停車場走來。是中心所長團啟司。

「斯波，辛苦你了。」團對工作中的斯波說。

黑色長版外套與白髮環繞著輪廓很深、表情溫和的臉，他的樣貌會讓人聯想到魔法師，從外套的縫隙，可以看見黑色領帶。「您辛苦了。接下來是羽田老太太的守靈夜？」

「是啊。這個月第二次了。不知是不是我多心了，總覺得冬天次數比較多。」

森林系列的到府照護事務所，遇到使用者去世，停止服務的時候，代表人會出席守靈夜。

「這話我們只在這裡說——這樣一來，她的女兒真的得救了。」團壓低聲音說。

儘管他的語氣平穩，但跟真理子在車上高談闊論的是同一件事。

「羽田老太太自己應該也不希望這樣吧，雖然這樣說有點過火，但或許兩個人都因此而解脫了，不論是老太太或她女兒。」

團雖然是管理階層，但也會以照顧服務者的身分出勤，因此對羽田家的狀況有相當的了解。

「或許這樣說也沒錯……」斯波表情微妙地點頭。

當然，並非所有的照護都很悲慘。森林經營的付費高級老人之家的顧客滿意度極高時有耳聞。即使是自家中的家庭照護，也有許多人是健朗而平順地生活著。一邊照護家人，一邊守護著平凡的幸福，也大有人在。但另一方面，有時因為照護的負擔而破壞生活也是事實。孤獨的家庭或者貧窮的家庭最容易變成如此。

團有些自嘲的語氣說：「在這個業界工作，就越來越害怕變老啊。對你來說或許還有相當久遠的時間，但應該就快輪到我了。」

團今年五十八歲，再過兩年就滿六十歲，離過婚，現在獨居，斯波曾聽人提起。

停車場中的水銀燈燈光強調出團的外套的黑，以及白髮的白。

突然一陣冷風吹來，彷彿想要拂掠停車場的鐵皮屋頂。

「死亡比較好的例子，也是有啊。」像魔法師般白髮飄飄的黑衣男人說。

就一般社會上的常識來看，這或許不是一個照護事業負責人應該說的話，不過斯波卻點點頭。

如果投身於照護事業中，不論是誰都會產生如此的感受。這個世界上，絕對存在死亡方能得救的事情。

團走向停車場另一端的員工專用停車位。斯波通勤時駕駛的中古車旁邊，一輛嶄新的釷星就是團的車。聽說是大約兩個月前買來換新的高級國產車。對團的世代來說，這是他們的夢幻車種，不過斯波是一點都不了解。

斯波覺得像車子這種東西只要能動就好了，而且照護這工作的薪水又少，不想花錢買車。就加減開著便宜買來的中古車到處跑。

傳來砰一聲關門聲。

低沉的引擎聲響起，白色釷星奔馳而去，朝向黑暗的冬夜裡。

第二章　雜音

二〇〇七年四月

大友秀樹

二〇〇七年四月十一日

下午五點二十三分。大友秀樹眼前的不鏽鋼解剖台上，削瘦的老人橫躺著，他的身體被剖開，未縫合也未遮蓋。

X縣埜日市郊外的X大學附屬醫院中地下室的解剖室。

「死因不是頭部的外傷，在那之後，因為脖子被勒住而窒息，所以是勒死。還有，犯人是左撇子的可能性相當高。」負責司法解剖的醫師說。

「果然有共犯！」X縣警搜查一課刑警說，一起參加解剖的大友秀樹沉默地點頭。

大友是今年開始從千葉縣調到X縣的地檢署本廳來。慢慢熟悉新的工作環境之後，現在成為這起殺人事件的負責人。

旁邊是擔任大友助手的事務官椎名，他臉色一片慘白。雖然已經二十九歲，但是去年才剛上任的新手，別說是參與解剖，就連看著屍體都還不習慣。

解剖台上是受害人關根昌夫，縣內獨居的八十三歲老人，前天夜裡，在自家死亡。

在醫院之外的地方死亡，死因不明的非正常死亡屍體必須要檢查，判斷是否因為犯罪而引發。法律上雖然規定檢察官負責檢查，但實際上是由人力與技術知識都更為豐富的警察代為處理。

通常，非正常死亡的屍體有九成以上經過警方調查而斷定為沒有犯罪的意外死亡與自然死亡，或者是自殺導致的死亡。像X縣這樣沒有驗屍官的地方縣市，並不會像這樣解剖非正常死亡屍體，檢察官只在事後接受書面報告。只有在斷定為「犯罪可能」的時候，才會聯絡檢察官，屍體才會進行司法解剖詳細的調查。

這次就屬於這種稀有案件。屍體的頭部外傷，在自己家裡遇襲，很顯然是強盜殺人事件。這種時候，檢察官會盡可能參與司法解剖。

縣警還沒等到解剖結果出來就已經逮捕嫌犯，古谷德良，二十六歲，是遇害人關根的姊姊的孫子，以親戚關係來說，算是姪孫。

古谷應該是以照護的名義來到關根家。關根脊椎變形，因此對日常生活產生極大的不便，不過卻沒有可以積極來照顧他的親人，被迫過著辛苦的獨居生活，這時原本很疏遠的姪孫古谷來訪，關根因此非常高興。但是，古谷真正的目的並不是照顧老人，而是要盜取金錢。

前天夜裡，古谷從櫥櫃中偷錢而受到盤問，明白古谷目的的關根非常激動。古谷想也沒想就拿起手邊的座鐘往老人頭部砸下，然後帶著錢逃走。

昨晚被逮捕的古谷接受警察的審問時，大概如此陳述。

雖然估計可以迅速解決，但是古谷的供述跟事實有些細部的矛盾，不顧一切搶走的錢卻不在古谷身上，儘管他辯稱：「因為害怕，所以丟掉了。」不管怎麼說，都讓人覺得奇怪。

一定隱瞞了什麼。

審問的刑警有這種直覺，鑑識組與現場調查人員也都發現可能還有共犯的線索。

然後，再加上今天司法解剖的證實。

死因並非如古谷所言是受重擊而死，而是絞殺。而勒住頸項的犯人是左撇子，但古谷是右撇子。

很可能這個左撇子男人（因為絞殺力量的強度，可以推定應該是男性）拿走錢。古谷是在包庇這個人。

從解剖室出來以後，事務官椎名一再嗅聞自己衣服沾染到的臭味。

「你還很在意嗎？」

「嗯，不知怎地，覺得臭味一直揮之不去。」

參與解剖最強烈的刺激並非眼睛看到的怪誕景象，而是臭味。

失去生命的人體內散發出來的屍臭像是不吉的惡臭，會讓人產生錯覺，彷彿對在場的每個人下了詛咒一般，一直附著在大家身上。

「你是理工科吧？學生時候不是上過解剖課嗎？」

「我是數學系啊，一般課程中也只是解剖鯽魚跟青蛙而已，跟人完全不一樣！」椎名說著，嘴巴還彎曲成「ㄟ」字形。

椎名在二十八歲之前都是在大學的數學研究室裡度過的異類，本人說：「數學不利於轉行，而研究方面的招募工作幾乎沒有。」因此，參加公務員考試，成為檢察事務官。他比身高一百八十公分的大友還高，體重卻只有六十公斤左右，纖細瘦長的身體上面，卻是一顆頭髮直豎大大的頭，看起來就像根火柴棒。他戴著金屬框的圓眼鏡，模樣看起來也有幾分像學者。

「古谷本來是飛車黨，當地的不良少年潰散後，他跟其中的成員還依舊維持前輩與後輩的關係，共犯絕對在那群朋友之中。如果可以找出這個聯繫，就能水落石出。」

一課的刑警看著匯集了法醫見解的紀錄，自信地點頭同意。

應該就如他所說。不論何地的縣警都一樣，但搜查一課的調查更為嚴密。那種不入流的混混應該也沒辦法編造出那麼長的謊言。

「預計明天下午押送，如果可能的話，到時候就會結案了。」刑警如此說。

根據刑事訴訟法，警察逮捕的嫌犯在四十八小時內，若沒有送到檢察官那裡，辦理拘留手續的話，就必須釋放。古谷的狀況，當然是要移送。

「是。」椎名回答，並記錄在筆記本上。

明天移送來的古谷，就由大友負責調查。

檢察事務官也要像祕書一樣，負責檢察官的行程安排。因為椎名的經歷，在地檢內部就有「學者老師」之類的稱號，且被當作怪人，但是工作上完全不會出錯，雖然多少有些不合理的地方，許多時候反而為正在進行的工作加分。也可以說，在檢察官的領域中，文科往往占多數，理工科的椎名本身的存在就有其獨特的價值。大友覺得自己遇見一個好事務官。

那一天，從大學附屬醫院回到地檢之後，大友與椎名一起加班處理各項事務。

檢察官的工作是在負責初步搜查的警察搜查完後，處理案件，起訴嫌犯，並做出裁斷。法律上，雖然有搜查權，但除了特搜部涉及贈與或收取賄賂、冤獄案件之外，檢察官直接涉入搜查的案例相當稀有。像今天司法解剖參與警察的搜查雖然也有，但多數時候還是書面作業。

儘管如此，工作量卻很重。

以現在日本發生的刑事案件數量來看，檢察官人數相對少了許多。不論何處的地檢都有人手不足的困擾，一名檢察官得負責大量案件。能夠準時下班的天數可說少之又少。

結果那天夜裡工作超過九點，等他回到自己的官舍時，都已經十點了。

官舍是在X市內，從地檢徒步約二十分鐘的住宅區內。

與在此之前所居住的松戶的官舍一樣，是間古老的平房，不過庭院廣闊，種了些花水木。現在正當花期，花水木潔白的花朵映照著皎潔月光。

跟他們在千葉時一樣，妻子玲子在廚房裡一邊看書一邊等待大友歸來。

玲子比大友年長一歲，下次生日就滿三十三歲了。他們在學生時代擔任校際比賽時的志工而相遇，大友任官的時候結婚。

「歡迎回來。」

玲子闔上書本，接過大友脫下的外套。

大友看到她讀的書的封面，一片荒涼的大地上延伸的鐵軌，旁邊有一朵小小的花。基督教女性作家以自我犧牲為主題的作品，是本相當知名的小說。

玲子趁著跟大友結婚的時候受洗成為基督徒，可說是半途出家、順水推舟而得的信仰，不過她常去有大量讀書活動的教會，比起抽象的神學，她反而對具體的信仰更有興趣。看書的喜好也清楚反映出這一點。現在可說比大友更具深厚的信仰了。

桌邊有根玲子細長的頭髮，從髮根開始三分之一都轉白了。最近玲子的頭髮開始混雜了白髮，因此會定期到美容院染髮。因為已經年過三十，而且可能跟體質有關，所以有白髮。但終究應該是來自於壓力。

檢察官每一年或兩年就得調動，在全國各地移動。每一次都得跟著搬家，終究會對家人造成不小的負擔。

結婚的時候，雖然玲子就說過：「不管到哪裡，我都會跟你一起去，全力支持你。」但她原本就是神經纖細、往往過於認真的個性，自己養育幼兒，在人生地不熟的環境中生活，應該不適合。

大友原本覺得可以多陪伴他們的話，還過得去，但是工作卻無法讓他如願。加班或者休假期間還得工作的狀況很常遇到，因此家事與育兒幾乎全部都交給玲子。

玲子也秉持著「檢察官的賢內助」精神，絕對不發牢騷或抱怨不滿，但即使如此，從些微的變化與氣氛，還是可以窺知玲子的操勞。結婚後，她寄託信仰之上，也許就是無意識間藉此來平衡壓力。

大友輕輕揮落桌子上的白髮。

他想起耳朵深處些微的疼痛。

「嗯，老公，有件事情我有點在意。」

玲子將大友的外套掛在客廳的衣帽架上後，帶著筆電走回廚房，讓大友看。這次他們搬家時換了新的電腦。

瀏覽器畫面是報社的網站，標題為「東京都對森林提出改善勸告」的新聞報導。

這則新聞是關於東京都針對大型企業森林旗下事業所違反照護保險法提出改善警告一事。

森林，就是去年大友父親入住的老人之家——森林花園的母企業。「這裡是爸爸入住的地方吧？這裡的報紙沒有報導，看起來應該是東京當地的新聞。」

「嗯……」

大友細讀報導，違反的是東京的居家照護事業所，這次只是警告，還沒到停止營業的處分。但是因為照護保險法的連坐制度規定，一家事業所有問題，就可以處罰全體，今後森林會如何因應，這部分尚不清楚。

「的確有點令人在意。總之，明天我會在上班時抽出一點時間，打電話問問幫忙介紹的那個朋友。好啦，爸爸的事情不管怎樣，你都不要太擔心。」

大友不想讓已經很操勞的玲子增添煩憂，特意輕鬆地說。並將畫面切換到天氣預報的頁面。父親為了入住森林花園，幾乎花掉了所有的財產，因此實在很難樂觀以對吧。

「嗯……」

玲子浮現些許不安的表情。耳朵後面有根白髮跑出來。

根據天氣預報，明天多雲時晴，傍晚開始會下雨。

大友耳朵深處的疼痛似乎增強了一點。

佐久間功一郎

二〇〇七年四月十二日

隔天，早上八點四十八分。總合照護企業森林的營業部長佐久間功一郎盡可能以自信滿滿的語氣對著電話另一端的人說話。

「真是抱歉啊，讓你擔心了。不過，沒問題啦，我想，不久之後週刊雜誌也會刊登相關新聞，希望你不要太在意。我們公司成長迅速，所以才受到額外關注。雖然不應該這樣說，但這種程度的違法行為所在多有，我們目前也接受指示，適切地處理中。即使之後受到處分，也只會針對個別的事業所，不會影響企業本體。」

前天，都內的事業所因為有違法行為而受到來自東京都的改善勸告。昨天東京版的報紙用相當大的版面報導這件事。

因為這個原因，位於六本木的本社，從早上開始，就出現騷動，佐久間正啟動硬碟中的郵件軟體撰寫發送給各營業所的郵件要旨。

「原來如此，不過，不是適用連坐制，所以不只是個別事業所，而是連經營整體的企業本體也會連同受到處分？」手機裡的聲音聽得出來有些訝異。

跟他說話的人是大友秀樹。他們就讀於同一所直升式的學校，還是同年級，現在已經成為檢察官了。去年年底，他父親才住進佐久間介紹的高級付費老人中心。

「連坐制？的確，條文中有這一項，不過那不可能發生。如果我們的事業終止的話，就會導致業界一片混亂。使用者也會非常困擾。坦白說，對厚生勞動省來說，是互相幫助的關係。你也知道，我們會長同時也擔任經團連的理事，在那一方面，早已各處運作，把狀況壓制住。」

「……」

「怎麼了嗎？」

「為了整肅，當局有時候也寧願冒險，該出手時絕不手軟……」

這的確是作為一個檢察官、維護社會正義的人會說的話。

「原來如此，謝謝你的忠告。不過，即使如此你也不用擔心，像我之前說過的，你父親住的那種高級付費老人中心，是在安全範圍內，一開始就沒有依賴照護保險，所以並沒有這次引發混亂的違法行為。經營狀態十分良好。假使森林潰散，你父親住的森林花園也會存留下來。你放心吧。」

「是嗎……」大友像是在喃喃自語，無法釋然的態度卻清楚表露無遺。

「真是過意不去，我們也因為這次事件而天翻地覆，等到這場騷動處理好後，我們再一起吃個飯吧。」

佐久間說著，就自行掛掉電話，手機還好，如果是一般座機的話，大概就像甩上話筒了。

大友應該是看到新聞報導的改善勸告事件，因為不安而打電話來。但是佐久間只是告訴大友他的擔心完全弄錯方向而已。

就像在電話中所言，大友父親入住的付費高級老人之家跟這次的勸告並無任何關係，萬一，森林解體的話，確實能夠留存下來。

大友只不過是在安全地帶中太過擔心。

以前他就是這樣的傢伙，實在令人厭煩。

對於佐久間這樣的想法，大友應該完全不知。

佐久間認識大友，約莫在二十年前，兩人都讀直升式學校的中學部，加入籃球社的時候。當時的印象還沒有那麼糟，因為是同年級的隊友，相處還算融洽。大友球技根本不行，一直都是候補，儘管如此他還是認真練習，佐久間覺得這點頗讓人欣賞。知道他是基督徒，覺得他會如此認真大抵也是這個緣故，所以微妙地接受了他的這種個性。

開始看不慣是升上高中部，青春期結束的時候。大友過度認真、耿直的模樣，越來越讓人討厭。連一開始他覺得欣賞的，他對籃球的努力，也因為他想要成為正式隊員而變得無聊。

佐久間清楚發現自己與大友的隔閡是在高三夏天的集訓，每年都會逃票的舉動，被大友出聲制止時。

應該給付與服務相當的價錢，大友此番意見不只是單純出於自己的正義感，而是立足於社會應有的理想狀態的成熟感。是被視為名門的私立學校學生們的自覺與榮譽微妙的刺激。在他們之中沒有人付不出單程兩千日圓的票價。付錢的確也是正確的事情。

贊成大友的聲音升高，主導情勢。

感受到周圍的氣氛，佐久間也只能附和：「阿秀的意見是對的。」但對於當時的狀況卻湧現不可思議的不快。

雖然自己也不甚明白，但對能夠理所當然的提出正確主張的大友，以及接受他的論點的其他人，都讓他十分厭惡。

為什麼你可以自信滿滿地說正確的事情？

為什麼你們可以直率地遵守正確的事情？

大家是那麼了不起的人嗎？

十八歲的佐久間首次清楚察覺自己討厭正確的事情。

當時無法反駁，但現在可以斷定，大友的說法是種偽善。

在可以逃票的地方逃票是理所當然的事。

這個世界就是依此運作。佐久間身處的弱肉強食的業界中，特別明顯。

不是逃票的人的錯，而是設置無人看守的車站的鐵路公司很愚蠢。覺得盡本分不逃票很偉大的人只是偽善，或者可說是笨蛋。

但是，佐久間那時只能投降在大友的正確大旗之下，隱藏自己的不快，回應朋友的主張。

儘管大學時同樣進入法律系，佐久間重心都放在社團活動，享受大學生活，和目標為通過司法考試、以課業為重的大友逐漸疏遠。當時並無法學院，私立大學的法律系中，與目標為通過司法考試的其他學校校園生活完全不同。

他們只在相同的選修課時才會碰面，但在這樣稀少的接觸機會，也有不快的經驗。

現在還有印象的是大學三年級時法律哲學的課堂上。

當時，神戶一名中學生的青少年，連續殺傷小學生的兒童，事件震撼全日本。那年夏天，在新聞節目中舉行了辯論會，有一名高中生提出問題，大意是：「為什麼不可以殺人？除了不想被判處死刑之外，我想不到其他理由。」對於這個問題，擔任來賓的學者專家們，沒能提出能讓那個高中生心服的答覆。

在課堂中，教授請同學們討論應該如何回答那名高中生的問題。

一開始，出現了倫理與道德感的意見。

「人的生命比任何東西都還要尊貴。」

「總有一天，成為父母親的話，應該就會明白這個道理。」

「對於不證自明的道理，不該有疑慮。」

但是，這些都沒辦法成為具有說服力的普世理由。

「人的生命很尊貴，有任何根據嗎？」

「如果一直保持單身的話，殺人就無所謂嗎？」

「如果輕易接受不證自明的說法，就只是停止思考吧？」

反駁論點也一一提出。

不久，這場爭論就流於像法律哲學討論會那般，說明社會禁止殺人的合理性。

假使一個社會裡，每個人都可以自由殺人的話，就會出現一種非常嚴峻的「自然狀態」，像是「萬人與萬人的鬥爭」這個說法所顯露的。在這樣的社會之中，人就無法安心的活著，此外也無法維持集團生活的現狀。所以，為了維持社會繼續存在，藉由法律系統來限制人類不可殺害他人就成為必要手段。現在能在持續的社會中生活的每個人，都是受到法律系統的保障，因此必然要遵守法律。討論的結果最後總結是：社會為了維持運作，人與人之間就基於契約而達成合作，也就是所謂的「社會契約論」。

佐久間雖然參加討論，但心中卻覺得這些討論很愚蠢，結果是「因為受到法律禁令，不可以殺人」。只是過於嚴密的要求而已，但是並沒有回答高中生的疑問，他想要知道的是，除了不想被判處死刑之外的其他理由，也就是在法律或懲罰所規範的事情之外的理由。針對這個問題，並沒有得到答案。

原因就在於此，原本為何不可以殺人就沒有明確的理由。

對佐久間這樣居高臨下的態度，直接澆下一桶冷水的人，無疑就是大友。

「但是，那個高中生想問的，我想應該不是法律如何運作這類的理由，如果，我在現場的話，我應該會努力闡明這一點。」說完這段前言，大友假裝自己就在那個高中生跟前，繼續說道。

「你的問題，從古至今一直都有人在討論，只是，能夠廣為人接受的答案，並未出現。假使有那樣的答案，這個世界上應該不會再有殺人之事，但很可惜，前些時候，像神戶事件那樣的事情仍然在現實中發生。不過，有一點是可以確認的，也就是，對許多認為不可以殺人的人來說，跟法律責任並無關係。

在人類出現人權與生存權的概念之前，這一點就已經存在多數人想法中。儘管從古代開始人類互相殘害的事所在多有，但同時，人類也會猶豫是否要殺人，遵守互相幫助而活下來。人類歷史中，在互相殘殺的同時，也有相互協調與融合的狀態。人即使在沒有法律的狀態下，也不會貿然殺人。如果法律之後不再禁止殺人之事，一個人若是殺害他人，也會產生強烈的罪惡感。

我想，這就是人類抱持的良善本性，人類這種生物並不是因為『不可以殺人』這種理由而不傷害他人，舉例來說，一個人並不需要他人的教導，看見美麗的花就會覺得花很美麗，聽見諧和的曲調就會覺得舒服，而且會害怕黑暗。這些都沒有理由，而是人類與生俱來對這些事物的感受能力。與此道理相同，沒有任何人教導，我們就知道和善待人與愛人，也知道不可以殺人。人稱之為『倫理』的，我想，就是這些人類誕生之後就已經具備的善。

你也擁有這種善良本性，若非如此，你就不會提出『為什麼不可以殺人』這樣的問題。」

大友的意見觸及了社會契約論無法清楚說明的部分，人為了維持社會而以契約形式禁止殺害他人，這是附加的解釋。在歷史上，人類社會形成之際，尚不可能出現此種契約。在這一點上看來，社會契約論可說只是一種思考實驗而已。倫理與道德，就如大友所言，存在於直觀的、與生俱來的領域中。

討論的大半都肯定地接受大友的論點，專精倫理學的教授也如此給予評價：「柏拉圖的理念型與康德的定言命法，嘗試探索人類共通且根本的真善美是非常重要的。」

然而佐久間記得自己強烈的反感。

真是一派胡言。

這樣不是又回到出發點了？簡而言之，就是繞著圈在說「不可做的事情就是不可做」，這跟什麼都沒說不是一樣？

為什麼你可以說得如此義正辭嚴？而大家竟然也可以同意！

不過佐久間並沒有公開表示反對，這就如同肯定了他的意見。跟夏季集訓時的逃票事件一樣，表面上，降伏於大友的正確言論之下。

仔細考慮，這或許是出於無意識的防衛本能的判斷。

佐久間從籃球社時候開始，就抱持著自己勝過大友的優越感，而大友也對佐久間另眼相看。

如果反駁比自己還差的大友卻失敗的話，就會慘不忍睹。佐久間的自尊心必然大大潰散。

佐久間就以些微的情緒壓力作為代價，避免事態惡化。

對於佐久間，大友大概還是抱持「一直很疏遠，但是一個好朋友」的想法。證據是去年年底，他捎來聯絡，完全沒有任何疑慮。

對於大友找他商量的事情，佐久間心中浮起強烈的念頭，終於等到可以利用的機會，推薦他利潤率高的付費高級老人之家。當然，如果有錢的話，這個選項的確是最佳選擇，多少也是真心之言。

相隔如此久的時間，再與大友對話，佐久間覺得他依舊令人討厭。

關於籃球社時候的記憶，相較於大友舉著正義旗幟說服大家停止逃票行為，佐久間印象更深刻的是輸掉最後一場比賽這件事，還有，他說「雖敗猶榮」這句話。他終究還是跟以前一樣是個偽善的人，又或者，因為成為檢察官，而變得更加偽善。

在這個世界上，沒有所謂雖敗猶榮。在那場比賽中，精彩的射籃那記長傳，這說法更是可笑。因為那根本不是傳球。

佐久間接到反彈球時，根本沒注意到大友跑向籃下，因為時間快沒了，腦中只想到趕快把球投到對方防守的籃框，他並沒有特別計算角度，球只是偶然飛往大友所在的位置。完全不知道這回事，一副很懷念的樣子，沉醉在回憶之中的大友，看起來實在很滑稽。

一起吃飯，邊聊起照護業界的內幕時，佐久間看到大友眼角浮現出憂鬱。

果然如此，這傢伙根本不了解實際狀況，只是大肆標榜正義的偽善者。

或許因為這個念頭，佐久間開始炫耀，說起自己任職的森林可說是相當有名的企業，不久就會獨占照護市場之類的話。

像大友那種偽善者，對於將照護以商業模式來運作的狀態，應該產生了接近不快的違和感，一思及此，佐久間就更滔滔不絕。

儘管如此，佐久間卻也不想全盤托出。例如，二〇〇六年照護保險法修改之後，森林的經營轉為赤字，股價也下跌，版圖擴張也開始明顯出現不順，還有，全國的事業所已進行慢性的不法行為。

佐久間沒有說明的不法行為，也就是森林對社會大眾隱藏的違法行為現在被揭露出來，大友會怎麼想？

煩死了！

佐久間覺得胸口的焦躁一點一點落入心坎裡。但是，這焦躁其中多少比例是大友帶來的，他也無法計算。即使不考慮大友的問題，最近幾天，被迫處理這問題，一直焦躁到幾乎都快無法入睡了。

事情是從去年底開始，大約是大友的父親入住森林的子企業之一付費高級老人之家後沒多久。

國內發行量最大的報紙在其東京版點名森林，報導他們位於東京都內的事業所有違法的嫌疑。

公司暫時否認了這個嫌疑，但事實上，照護業界中，這種違法行為正在蔓延，森林當然也在其中。因為，能逃票的地方當然就要逃票。

結果，去年底開始直到今年，東京都採取了監察行動，前天，東京都針對已確認的兩項違法行為提出改善勸告，分別是「浮報照護報酬的申請」與「事業所安排的違法取得」。事情發展至此，已經無法再繼續否認，公司全面翻盤，承認違法事實，針對報導的報社發表道歉聲明。

這次受到改善勸告的公司還有其他兩家，卻只有刊載森林的名字，或許是因為以前就被指名有嫌疑並報導過，另一方面，森林在媒體上大打廣告，所以是最具知名度的公司。

究竟為什麼會變成現在這種狀態？

公司內部一片混亂。

過河拆橋。

出現這樣的聲浪。佐久間也這麼想。

實際承認不當行為，也就是違反法律規定，就很難再找藉口。但是如果站在當事者的立場來看，就會看到完全不同的景象。

照護保險制度施行之前，官員全力撒出美味可口的誘餌：「今後需要照護的老人人數增加，急速成長」、「本國的照護產業已是確實成長的產業」、「照護是最有未來的事業」。這些誘人的說法，不管是在私下或者公開場合一直耳語不斷。再加上進入照護業界的條件幾乎沒有限制，以森林為首，其他企業紛紛踏入此領域。

最初幾年確實頗有甜頭，照護保險制度施行的第二年，二〇〇一年，森林就轉虧為盈，之後業績也順利成長，佐久間轉調到森林，大約就在這個時期。告訴大友的擴張螺旋也實際存在。照顧服務員之類的照護工作職員的薪資，儘管不算是高薪，但也稱得上是「還不錯」的水準。

但是，官員終究還是露出真面目，又或許應該說，在一開始他們就有全盤計畫。照護企業一旦獲利豐厚，就進行令人難以置信的制度修訂，降低支付給企業的照護報酬。

從官員的立場來看，企業能夠有盈餘，就意味著有多餘的錢，因此，在處理預算的時候，可能就覺得削減給付是理所當然。但不管是否屬於社會福祉，民間企業的經營，若沒有利潤的話，就不容易持續。

他們在自己開設的賭場中，如果玩家開始贏錢，就變更規則，不給玩家籌碼，從企業這端來看，官員們的舉措就像這種流氓莊家。

進入照護領域的企業，特別是像森林這樣規模遍及全國各地的企業，都已先投入可觀的資金，雇用大量從業人員，即使規則改變，但也無法輕易退出。不管如何，在新的規則改變之下，還是得想辦法生存。

以森林為始，面對照護企業報酬減少的問題，就以壓縮人事經費與行政費用、追求效率來確保利潤的獲得。但是藉此而取得了利潤，在下一次的修訂時，官員就會再減少給付給企業的報酬。

這種模式一再循環，在最基層的工作人員的待遇首當其衝，經營也同樣走向惡化一途。所以，森林終究在去年照護保險法修訂之後進帳變成赤字。

會產生違法行為的根本之源，就在於這種毫無道理的制度修改。

這次森林受到東京都指控的「浮報照護報酬的申請」、「事業所安排的違法取得」確有其事。實際上，不只東京都的事業所，全國各地的事業所都有相同行為。但這可說是因為制度層面導致業界若不違法就難以為繼。

舉例來說，這回浮報索價的指摘，是因為現場照護者因應顧客的需求，常常提供照護保險範圍之外的其他服務，這樣終究不能算是惡意的多申請報酬。如果是一般商業模式都算，在企業努力的範圍內運作。說到底，原因還是在於恣意修改制度的這一方。

再者，如許多人共有的想像，照顧服務員等相關照護工作非常艱苦，對體力與精神都會產生相當大的負擔，然後再加上照護的報酬逐漸減少，待遇越來越差，這樣的工作環境很難找到人手。照護業界也有慢性人手不足的煩惱。

照護保險法中規定事業所應有的最低限度的職員人數，但不少地方連想要雇用法定人數都有困難。因而幾乎所有事業所都以低於定額的人員體制盡可能地運作。如果該事業所有人離職，該怎麼辦？不，實際上的確有離職者。當然，面對這種狀況，很難馬上找到新的接替者。眼前只能繼續以更嚴峻的人手不足狀態營業下去，這點也是「事業所安排的違法取得」所指摘的點之一。

這兩項違法狀況儘管在業界蔓延，厚生勞動省的官員中也有對此狀況十分清楚的人，然而，他們明白這種不法行為是來自於照護保險制度的矛盾，為了維持業界穩定運作而一直默認。

只是，儘管如此……

他們還是受到違法的指摘。

——為了整肅，當局有時候也寧願冒險，該出手時絕不手軟……

佐久間耳裡彷彿有把金屬鑰匙喀噠喀噠敲擊著，耳畔響起大友的話。

這的確是那傢伙會說的話。成為檢察官，舉著社會正義的免罪符，因而毫不畏懼地說出這些話的偽善者。

真是開玩笑！

但是，現實中，還有其他跟大友秉性相近的公務員。

這一回就不是厚生勞動省，似乎是東京都的負責人嚴厲的強烈主張進行取締。

相對於拖沓累贅的厚生勞動省，已無耐心等待的東京都獨自強行全面檢察。該不會是「為了整肅，寧願冒險，出手時絕不手軟」？

調查結果就是改善勸告，但並沒有具體的處分。此外，調查範圍並非廣及全國而是限於東京都內，雖然還是上了媒體報導，若以報紙來看也只有東京都版面。報導的內容大抵是去年底因為有違法嫌疑而報導的那一家而已。

不過，卻產生不小的影響。現在地方新聞也因為網路介面而使規模擴展到全國各地，所以，連今年開始搬到X縣的大友都有耳聞。

再者，雖然只有一家報社，但被有影響力的大報社咬上一口還是很痛。

察覺周圍輿論民情，不落人後的官員們，一看到東京都的調查，俐落地一百八十度大轉變，接下來就由厚生勞動省主導，舉行全國性的大調查。

雖然在電話中否定大友的說法，但佐久間知道，適用連坐制的嚴厲處分曾經出現過。也就是說，遍及全國的森林，只要哪裡被發現有違法，母公司與全部的事業所都有連帶責任，接受停業處分。如果事態變成那樣的話，就只能歇業了。

眼前，佐久間等人就是受此政策所逼。就此下去，很有可能成為代罪羔羊。

佐久間聽說，在政界有許多管道的會長現在也為了私下運作而到處奔波。

佐久間寫完電子郵件後，就寄到各事業所去。

主要內容大概是：「今後絕不浮報照護報酬的索求」、「不管遇到什麼狀況，一概不提供照護保險對象外的服務」與「基於這兩點，隨同而來的營業目標定額減少」。

目前如果還能忍受赤字擴大，就可以避免「浮報索求」的問題。然而麻煩的是「事業所安排違法取得」這一項，要改善這個狀況，人員不足定額的事業所就得要增加人手才行，但是，若有辦法增加人手的話，一開始就增聘了，也不會導致違法結果。然而現在也不可能關閉所有人員不足的事業所，一旦關閉的話，就會產生大量失業人口，以及突然照護服務受到中止的「照護難民」，失去社會信用，股價也會跟著滑落。

對此，森林採取的策略是，立刻停止受到調查，定額不足的那間事業所，在被揭發、受到處分之前就將它完全解散，使之不會危及母公司。這是在沒有其他兩全其美的狀況下的次佳手段。具體的好處就是規避了處分。

佐久間今天接下來的預定行程就是到合作業者與都內照護經理人協會去「道歉與說明」。就在不久前，明明還是互相幫助的伙伴，報導一出來後就開始怪罪森林的一幫人，然而，現在卻非得向那種人低頭不可。

佐久間摸索裡面的口袋，拿出藥盒子，裡頭有兩顆顏色暗沉的深灰色藥丸，佐久間把兩顆藥丸倒在掌心，不和水咀嚼後直接吞下。

這是手邊最後兩顆。已經沒有了。

佐久間也知道自己藥吃得越來越快，但就是無法停止，如果沒有這些藥的話，就沒辦法工作。

今天晚上得再設法取得。

化學成分發揮作用，佐久間覺得焦躁感從頭開始慢慢消散。

斯波宗典

二〇〇七年四月十二日

同日，下午三點三十五分。陰暗沉鬱的天空下，到府沐浴車今天也在巡迴路線上行駛著。

接下來是最後的訪問。

收音機正在播放新聞。

遍及全國各地的詐騙受害人越來越多，X縣這裡去年整年度的受害總額就超過八億，似乎是目前為止最糟的紀錄。受害人大多是年紀超過六十五歲的高齡者。

「哼，一想到有人靠詐騙老人，奪取高額金錢，我們明明就只有低廉的工資，做些讓老人高興的事情，還被說是違法行為，實在讓人受不了。」坐在助手席的護理師豬口真理子忿忿不平地說。

「就是說啊……」在駕駛座上的斯波宗典出聲附和。

今天早上，中心所長團先生收到一份通知，東京的事業所受到違法的指摘，接受改善勸告。母公司的方針是從今以後所有的事業所都要徹底遵守法令，即使出自於善意，但提供照護保險的範圍之外的服務都會被視為違法行為，會為公司帶來麻煩。

但是，從現場工作的角度來看，只會覺得原本就是照護保險制度有問題。

「從現在開始不能陪他們去散步嗎？」真理子語氣尖銳的問。

到目前為止，到府照護的照顧服務員，都將陪著所照顧的老人們散步視為照護服務的一環，散步可以讓許多老人高興，因此，現場的照顧服務員自然認為陪伴理當是照護手段之一。但在照護保險法修訂之後，突然很多地方就將陪伴老人散步劃分到保險範圍之外的服務。八賀市也不例外。

但是不管規定再怎麼變，現場照顧服務員還是很難拒絕陪伴老人散步的請求。

「老奶奶，很抱歉，現在不能陪你去散步了。所以從今天開始你要自己去哦。如果非得要我們陪的話，這一部分就要自行付款，保險並不提供補貼，會比平常貴十倍。這些話叫我怎麼說得出口？」

真理子一副質問的口氣，道出她的不滿。斯波也同意她的說法。

「唉，說不出口呀……」

熱心工作，將老人視為親人般對待的照顧服務員，根本無法說出這一番話。所以如果有人拜託的話就會答應。文件上規定只能提供保險範圍內的服務，這種應允相較於法規來說，就成了違法行為。

「用他們嫌惡的方式想強迫他們恢復健康，但他們想去散步，卻不能陪伴他們，實在非常奇怪。」

斯波也如此認為。

散步不能含括在照護的範圍中，是因為散步對老人而言只是單純的樂趣，並不能有效率幫助老人恢復身體健康，但是，單純的快樂有任何不妥之處嗎？即使身體不方便自由行動，但有人陪伴，在自家附近走動走動，多少都有助於放鬆心情，斯波認為這是很好的照護。

人類不是機器，照護也不僅只是維持身體機能，如果只是照顧身體而已，根本就不算照護。真理子嘴巴很壞，但她累積了長期的工作經驗，應該比斯波更明白這個道理。

從大廳的玻璃窗往外看，大片烏雲籠罩著天空，彷彿快下起大雨。

斯波有種聽見厚重的雲層中傳來雷鳴的錯覺。只有聲音，沒有閃電。

那就像是雜音一般。

「說到底，照護保險根本行不通。」

斯波沒有出聲，只是點點頭，邊轉動方向盤。

如真理子所言，所謂的照護保險制度，不但很難理解，也不容易利用。斯波自己在照顧父親的時候，根本完全沒能有效利用，而現在實際在現場工作，反而對制度越來越懷疑。即使被評價為「行不通」也毫無辦法。

只是就算取消照護保險，還是解決不了任何問題。如果沒有公共制度的話，由家人承擔照護責任，就只會讓被壓垮的人不斷增加。照護保險實施七年，相對於以前認為由家人照料是理所當然的想法，支付費用取得相應的服務的意識已經漸漸受到大家認同。

雖然是很糟糕的制度，但斯波覺得總比沒有來得好。

當然，若要再多說一句的話，制度的制定，充其量也就像在燒紅的巨石上澆灌一杯水而已。

照護保險施行以後，照護事業是成長產業，被說得煞有介事。但那只是一陣煙，在燒紅的石頭上淋水，與激響的聲音同時傳出的就是沒有實體的水蒸氣。

現在，煙霧消散，石頭變冷的時候持續加熱，顯得無所遁形。

社會的雜音之大，制度根本追不上。

照護保險成立之後，沒有辦法受到完善照護的人，以及因為照護原因而崩潰的家庭還是持續增加。雖然是成長產業，但從業人員的工作條件惡化，森林母公司的年度總結也傳出在去年轉為赤字。

遠方的雷聲不斷，儘管微弱，但的確響著。

嘈雜不停。

今後，老人會越來越多，而能支持老人世代的現役世代人數也在持續減少。

在必要的時候每個人能夠享有周到的照護，而且，提供照護服務的人能獲得相對的酬勞——這樣的未來，不管制度如何制定，應該都無法實現。

十年後的人，絕對會苦著臉說：「啊，現在想想，十年前就一直在增加啊。」無疑還會一邊嘆息。然後，二十年後，人們會露出更痛苦的表情，說一樣的話。

——雖然可能太過悲觀，卻是佐久間對未來最真實的預感。

視野盡頭浮動的雲朵，彷彿剛擦拭掉天空的髒污，變得一片黑黝黝。現在這個節骨眼上，比起十年後的狀況，有更令人擔心的另外兩件事。一是這片天空，一是她。

斯波悄悄窺探後座的狀況。

照顧服務員窪田由紀一直安靜無聲，閉著眼睛，靠在座椅上。應該不會是睡著了。她的臉色發青，看起來不太好。

「你啊，是還很在意嗎？這樣沒關係吧？想罵糟老頭就直接罵糟老頭，不就好了？」

真理子轉過頭對由紀說。她有些愕然又半開玩笑的說。難道她是在擔心由紀嗎？但斯波覺得她的話根本沒能傳達她的本意。

由紀沉默不語。

斯波早有預感，近幾個月以來，看著看著越來越清楚顯現。發生像今天這樣的事情，只是時間遲早的問題。

「開什麼玩笑！你這個糟老頭！」

在剛剛的到府服務地點，由紀生氣地責備使用者，一名七十二歲的男性，可說近乎謾罵。

接受洗澡協助服務的男性，在他人幫忙清洗下體時，有時候會開這類猥瑣的玩笑：「你誠心地服務一下吧，不然，含在嘴裡也可以哦！」

在照護工作中，遇到性騷擾的狀況並不少見，甚至可說是附屬品也不為過。當聽到他們這樣說的時候，對照顧服務員的要求是：不要當真，輕輕地閃避，保持笑容應對。

對方是行動不便的老人，假使對方有錯，還是不能立刻就責怪、怒罵，對他們來說，一定出於某些原因，也可能是因為感到寂寞。如果對方不停糾纏，再怎樣克制也無法忍受時，就應該要跟上司商量，更動工作配置。在那種狀況下，不應放任情緒爆發，考慮對方的心情而妥善應對才是最重要的。

由紀一直努力做到這些要求，而今天這名男性並非說了特別令人難以忍受的話，到現在為止，由紀也承受過更糟糕的性騷擾，包括肢體上的碰觸，只是，或許因為一直忍耐、累積著，碰巧到了一個時間，超過了她的臨界點，然後，緊繃的神經就斷開來。

由紀也被自己說的話嚇了一跳而滿臉驚恐。然後，眼淚就簌簌流下，嘴裡不停地說：「對不起、對不起、對不起……」

那名男性應該沒有想到由紀會哭泣，所以他沒有反罵由紀，而是一臉狼狽不堪。

斯波覺得由紀的話與她的眼淚應該都不是衝著那名男性，而是她的身體發出的訊號，要讓她知道自己已經到達極限了。

由紀開始工作的時候相當開朗明快、動作俐落，因此她也表現出新手照顧服務員的模樣，像是羽田靜江去世時，對真理子輕率的話會認真反駁。

但是，今年開始沒多久，不管真理子說什麼，她都不再回話。並不是學會了輕巧地閃避過去，而僅只是閉口不談。不只是對真理子這樣，而對其他人也一樣。工作過程中她一直很沉默，只有在必要的時候才會開口說話，但也只是簡短的回應。不論是表情或態度全都失去光彩，上個月也開始遲到或無故蹺班。

斯波在照護工作現場已經看過許多次類似的光景。

充滿熱情來工作的人，看著看著慢慢就失去熱情，變成像行屍走肉一般。就是所謂「燃燒殆盡」的現象。特別是對於照護的世界抱持某種理想而一頭栽入的人，更是容易變成那樣。

照護是對人服務，並不只是在肉體面上單純地照料好對方的身體就好，還包括在感情面上表現出「真心」之類情緒上的服務。即使不想笑的時候還是要露出笑容；面對不想做的工作，也要像是心懷喜悅地完成；即使不認同對方，也得要點頭回應。本來感情就屬於無法控制之物，卻不能不竭盡全力去控制，在照護這件事情中，「感情勞動」這一方面占有相當大的比例。

在斯波所見過的「感情勞動」案例中，有很明顯的適合與不適合。一定會受挫的，就是像由紀這樣認真的人。

在照護的現場，會因人與人之間溫暖的互動，而有令人感動的事情，但除此之外，粗鄙的言語、蠻橫的行為、性騷擾或者暴力，也存在其中。

再加上，需要照護的老人，基本上是名符其實的弱者，因此必須要守護他們、要體貼他們、要溫柔地對待他們才行。

即使內心非常厭煩，還是得牽動臉上的肌肉，端出笑容不可。

這些都會侵蝕認真的心，而使之燃燒殆盡。某些場合中，也會有像由紀一樣，燃燒且同時引起些微爆發的情況。

沐浴車抵達今天最後一家。這家的屋子是平房，建築年代看起來已經相當久遠，但寬敞的庭園整理得很漂亮，在這裡生活的人應該過得很幸福，需要服務的是這裡的屋主，一位溫婉的老婆婆。

「窪田小姐，你還可以嗎？」車子停妥後，斯波回頭問道。

「是。」由紀細細的聲音有些顫抖。她微微睜開眼睛，身體開始動了起來。就像電池快要沒電的玩具，勉勉強強地動著。

今天應該是最後一次了。

從明天早上開始，由紀會無故蹺班，然後，就那樣從這個職場上消失。

這已經不只是預感，而是確信。

大友秀樹

二〇〇七年四月十二日

同一天，下午四點，那個聲音有些細微有些顫抖。

「喔，我並沒有想殺人，真的！但是，他聲音突然提高，嚇死我了！所以……」

地點是X縣地檢署本廳的審訊室。

在檢察官大友秀樹眼前招供的是古谷良德。以照護為藉口，接近舅公，然後盜取金錢，結果還殺死舅公的人。褐色長髮，滿臉鬍碴，一張嘴就可看見排列凌亂的牙齒。他坐在椅上，背後是押送他的警官，面無表情地站著。

事務官椎名坐在大友旁邊，打開筆記型電腦，為了製作筆錄，現在提取供詞。

大友腦海中突然冒出今天早上的事情，因為私事而致電任職於照護企業的友人佐久間功一郎。純粹只是關鍵字相同，這個案件也跟照護有關。

「你啊，說什麼根本沒打算殺人，那你幹嘛毆打他？這樣痛毆一個老人，你應該知道會出人命吧！」大友以跟普通時候截然不同的強硬語氣詰問古谷。

「總、總而言之，我嚇到了，不管用什麼方法，只要能讓他閉嘴就好……」

「這不就代表你有想到要殺了他嗎？」

「沒、沒有……殺人的是……坂——」古谷眼神游移不定，低下頭來。

根據現場搜證與昨天司法解剖的結果，顯示出共犯存在的證據。如同一起參與解剖的刑警預期，今天早上押送之前，古谷就完全坦白招認了。共犯者是坂章之，二十八歲，曾是古谷所屬的飆車族的頭頭，縣警已經開始追查坂的行蹤。

古谷與坂兩個人，以照護為名義，來到古谷舅公關根昌夫的家。因為偷盜現金而被責罵，古谷拿起座鐘敲擊關根的頭，關根倒地的時候還未斷氣，坂勒住關根的脖子，並用力按著他的咽喉。之後，坂對古谷說：「我們各自逃跑吧，不管誰先落網，都不要招認，也不要怨恨對方。」然後就拿著錢跑掉了。之後，恐怕就如坂的想法，警方先抓到了跟關根有血緣關係的古谷。

大概因為道上的道義問題，古谷一度遵守約定，並未供出坂，只說自己是單獨犯案。但是確認有共犯之後，古谷全盤推翻原來的供詞，改說坂才是主謀，自己只是被捲進來而已。

看見這樣子的古谷，大友的耳朵深處又開始痛了起來。

「如果你不想殺人，為什麼不阻止坂勒死他？為什麼不馬上叫救護車？明知他可能會死掉，卻放任不管，就等同於殺人！」

儘管古谷現在否認殺人意圖，僅以目前確認的狀況來看，古谷作為殺人強盜的共謀主犯，構成條件也十分齊備，如果只是為了依法定罪的話，並無必要迫使他承認殺人意圖。但大友認為必須讓這個人明白自己殺了人才行。

日本的刑事判決有百分之九十九點九都是有罪，從這個數字來看，顯然，在法庭上爭論的並不是有罪或無罪這件事。日本的刑事司法被稱為「精密司法」，檢察官在事前的搜查與審訊，對於事實真相，幾乎可以到沒有置疑的餘地這種程度，所以只會起訴確信有罪的事件。除了一部分非常極端的否認之外，當法官、律師都認為有罪的前提下，就會舉行公審。

在此之下法庭中舉行的審判，是父權主義式的審判。檢察官詢問被告所犯之罪，律師提出被告已在反省，法官諭令被告改過自新，依此為證，做出判決之後，法官會對被告進行說教，就是所謂的「教誨」，這種獨特慣例一直存在。日本的審判並沒有對聖經起誓的習慣，但終究還是宗教上的道德。不僅是法律上的犯罪，而是作為一個人所犯之罪來裁量。

在含括這層面意義的司法之中，即使判決結果相同，但是否使被告對自己所犯之罪有所自覺與承擔，就讓審判有不同的意義。

大友對古谷怒目而視。

古谷看起來很畏懼，而且同時還一副至少逃過殺人罪的權宜之計的表情。

這個男人，我想要讓他接受審判，負起殺人之罪，不，我一定要如此審判他。

大友的念頭非常強烈。

「頭抬起來！」大友語氣粗暴地說。

如果妻子玲子看到在審問犯人的他，應該會很吃驚。他在家裡（還有，在工作中，除了審問之外的其他時間）從來不曾大聲怒吼。

在富裕的家庭以及許多善良的人環繞下長大的大友，從小就相信人性本善的說法，覺得這是理所當然之事。這個世界上，沒有人一出生就是壞人，在電視新聞中出現的那些犯罪者，每個人必定都是因為哪裡出錯了才會變成那樣。他也有證據，因為同學之中，有愛惡作劇的人，有喜歡打人的人，無可救藥的惡人卻一個都沒有。

隨著年紀增長，這個世界上無法單純以善惡來區分的事情大友也越看越多，而且能夠理解跟表面上的善惡看起來完全相反的情況；學習歷史而知道不論哪個時代，都有互相憎恨、互相殘殺的事情；自己有時候也會因為一時衝動而做出壞事。

但是，儘管如此，可以稱為人類靈魂的本性之中，善性是作為前提的存在。大友如此相信。

相信的依據在於罪惡感。

高中時候籃球社逃票事件就是如此，就算是再微小的事情，人只要做了壞事，就會產生罪惡感。這就是人類的靈魂中，比起惡的一端，更渴望善的一端的證據。

父親送給他的聖經裡面，使徒保羅在信中寫道：「沒有一個人是完全沒有過錯。」這是以「原罪」為中心概念的基督教思想，人之所以會變成追求完全和諧的伊甸園的不完全存在，就是因為有原罪的緣故。

得到聖經時大友只是中學生，對於書中所寫的分開海洋、把水變成酒的故事都視為謊言，伊甸園也只是想像的世界。但是關於原罪的概念卻烙印在他心裡。

人類是不完全的存在，即使了解，還是會做壞事，也會在不知不覺間傷害他人，將此不完全視為罪惡來考慮，也就是想要追求善而產生的。

有時候，原罪論被視為性惡論，對大友來說，沒有比這更能令人感受到性善論了。

為什麼人類會為惡？

為什麼不可以為惡？

提出問題的同時就已經得到答案。因為追求善。

不需他人強制要求，人類就會幫助他人；不需要別人教導，就知道要善待他人，要愛他人；對於會傷害他人的事情，就會有所猶豫。然後，如果做了壞事，就會受到罪惡感苛責。

沒有任何一個人是完全沒有過錯。所以，不，就因為如此，人類的本性是善良的。

作為檢察官，與犯人對峙，大友依然真心信仰性善論。特別是接觸越來越多犯人之後，這個想法更加強烈。

從他開始做官以來，已經審問了不少犯人，但完全沒有人是出於喜歡而犯罪，毫無例外，每個犯罪者都會有罪惡感。即使犯下只能以「無血無淚」來論斷的惡行的犯人，還是會有罪惡感。

雖然有些人主張，這個世界上有人缺少與生俱來該有的良心，也毫無善念，無緣無故就任意傷害他人的反社會人格者存在，似乎被視為一種人格障礙。不過大友不曾碰到這樣的犯罪者。

大友一直秉持著從小以來對這個素樸的世界的想法，相信犯罪者全部都是因為某個環節出錯，才會犯罪。

人際關係、金錢糾紛，又或者社會與成長環境，這些因素撼動了作為一個人不論是誰都會擁有的善性。善的本性因而動搖、扭曲、消失，人類才會犯下決定性的罪行。

無論如何，結論是，容許罪惡並非好事。罪惡之所以為罪，就是沒有好好守護作為一個人與生所俱的善性。

正因為如此，所以不能不禁止，不能不制裁。

作為人類的證明。

古谷緩緩地抬起頭，看向大友。

大友依舊語氣嚴厲說道：「你啊，小的時候，就很受關根的疼愛吧。」

「是……」古谷有氣無力地回答。

根據調查報告，古谷還是小學生時，很喜歡舅公，就像舅公的孫子一般，受他疼愛。然而，上了中學之後，加入飆車族，結交了一票狐群狗黨，漸與家人疏遠；高中退學，之後就跟坂一群人不斷犯些小罪，二十二歲時，因為恐嚇而留下紀錄。

「曾經誤入歧途的你，要來照顧身體不便的自己，關根心裡是怎麼想的？」

「……」古谷又低下頭。

「他會很高興吧！結果，你竟然背叛他，發現你偷了錢，那時他又是怎麼想？而最後，他被殺害的時候，會有什麼感受？」

古谷的眼神變得渙散。

讓一個人承擔自己的罪，也就是讓他抱持罪惡感，訴諸於不論是誰，他的靈魂中必定存在的善性，讓他能悔改。

犯罪者對於自己所犯之罪的自覺，讓罪惡感這副沉重的枷鎖束縛住他的心，這才是制裁的開始。

「人們常常說，就像走馬燈一樣，人在死亡之前瞬間，會看到以前發生過的事情，關根先生必定也想起以前的你，小小的身軀，在他腳邊跟前跟後，看著那樣的你想起當時的模樣，眼前卻是握著兇器，狠狠砸向自己的人，還在一旁眼睜睜看著自己被殺，最後的一瞬間，他究竟有多少遺憾悔恨哪！」

古谷肩膀顫抖啜泣著。

大友覺得已經讓古谷罪惡感油然而生了。

就是這樣，像你這種傢伙非得責備自己不可。悔改吧！悔改吧！悔改吧！

大友心中浮現了情緒，讓他不斷重複這句話。

檢察官審訊完警察押送來的嫌犯之後，要決定是否拘留他。強盜殺人犯古谷當然要拘留，並且關在拘留所裡。大友提出拘留申請書交給他的上司次席檢察官，等候裁定。

之後大友直接回到自己的辦公室，開始瀏覽其他案件的資料。大友承辦的案件當然不止一件，現在手上就同時有十一件拘留案件待處理。

晚上八點過後，大友再次來到次席檢察官的辦公室。

為了商量關於承擔的業務上過失致死的起訴的案件判斷。

檢察官被稱為「獨任官廳」，各人可以基於判斷與責任，獨立於國家與政府之外，行使其權限。一方面，有所謂「檢察官同一體的原則」，避免各自恣意行使強權的狀況發生，而以檢察總長為最高指揮系統，要求絕對服從。

在日本，只有檢察官擁有起訴權，即使警察逮捕案件的犯人，檢察官不起訴的話，就會無罪釋放。再加上判決有罪的比例極高，因此，這個國家裡，決定是否犯罪全繫於檢察官的說法一點也不為過。其上，最重刑罰是死刑，終極來看，甚至可以說，檢察官是日本唯一擁有合法殺人權力的人。此一責任重大，絕不容許獨斷專行。對於案件的處理，鉅細靡遺地向上司報告，也必須接受裁決。檢察署上意下達的方式，在所有政府機中，可說是最為嚴格執行。

「怎麼樣？慢慢習慣X縣的生活了吧？你太太有認真操持家務吧？」次席檢察官柊

邊翻開報告書邊問。

「是。」大友應聲說道。

柊是從特搜上來的能手，他可以毫無顧忌地說照顧家庭是家人的責任，自己百分百的人生應該都要集中在工作上。就像在法庭上一律如此，在檢察社會中這種父權主義式的色彩極度濃厚（當然，也有女性檢察官，但她們也需抱持強烈的父性）。

只是或許是世代不同，大友還是不太能接受忽略家庭到那種地步。

但儘管如此，他也沒辦法拋下工作，每天準時回家。檢察官的一個判斷，就可能完全改變他人的人生，在工作性質上，迫不得已必須擔負許多人的人生，就如柊所言，事實上，這也是若不賭上百分百的人生就不可能勝任的工作。

「被害人在那裡徘徊的緣故嗎？」柊迅速看過筆錄之後說。

「是，所以無法排除他突然奔出的可能性。」

現在討論的是汽車駕駛業務上過失致死的案件，也就是交通事故。

夜間的十字路口，八十七歲的男性，被超速二十公里的卡車撞死。被害人有失智症，趁家人不注意的時候，離開家在街道上徘徊。

「但是，高齡化社會……」柊像是自言自語，「我任官的時候，嗯，大概二十年前吧，刑事案件跟老人有關的並不多。但最近幾年不管是被害人或加害人都是老人的案件似乎增加了不少。」

大友腦中浮現自己目前負責的案件，先是這件事，然後還有剛才審問的古谷的案件，被害者都是老人。其他還有搶劫案的受害人是七十八歲，闖空門的犯人是六十七歲，已經要公開審判的偷竊慣犯是七十歲……的確跟老人有關的案件不少。擴及全國的存款詐欺案的受害人也大半是老人，社會高齡化之後，犯罪終究也反映出這個現象。

「說起來的確是這樣，說微妙也很微妙。」柊皺起眉頭。

「欸。」

交通事故要以業務上過失致死來裁決的狀況，就得要證明加害人的過失與受害人的死亡之間有因果關係。

這起案件中，駕駛超速，但這點還不足以證明有因果關係。原因在於，即使駕駛沒有超速，但被卡車撞上，人還是會死亡。再加上受害人因為失智症而在路口徘徊，對加害人來說都是有利的事實。

汽車保險處理中，有「過失責任分攤」的概念，在交通事故中就會產生灰色地帶。所以，以「精密司法」為宗旨、檢察官確認有罪才會起訴的日本，最後以加害者不起訴終結的狀況很多。一般的事故有九成不起訴，死亡事故約有三成不起訴；只有罰金或吊銷執照之類道路交通法上的處分，就無法問罪。

不過，這次的案件，受害人在十字路口被撞死，那個十字路口沒有紅綠燈，但若是有停止的標誌，就會變成駕駛無視標誌。

「坦白說，你怎麼看這件事？」柊發問。

「我認為應該起訴。」大友果真坦白說出自己的看法。

如果駕駛看見停止標誌就得停止不可的話，就可能提高防止事故發生的機率。而且，考慮到被害人死亡這樣沉重的結果，的確可視為需起訴的案件。

駕駛人認為事件發生的地點夜間幾乎沒有人通行，因此沒有人遵守速限，看見標誌也不會停止。但是，因為大家都這樣做而打破規定，根本不成理由。更何況殺害人的人沒有被問罪的話，不是相當奇怪嗎？

柊嘴角上揚，輕輕點頭。

「這樣的話，就呈遞起訴書，提出告訴吧。這案件就談到這裡。」

總之，就是繼續進行。柊是不畏危險會想辦法取得結果的人。

「是。」大友邊回答邊想起今天早上電話中對佐久間說的話。

「為了整肅，寧願冒險，出手時絕不手軟。」

這並不是威脅的說法。

該出手時絕不手軟，這是身為管制者的習慣。

仔細想想，電話中佐久間的語氣，跟普通接受審問的犯人似乎有些相近之處。假裝有餘裕的樣子，反而更顯示出沒有餘裕，佐久間越是強調沒有問題，就讓人越覺得實際情況並非沒有問題。去年一起吃飯時察覺到的危險，應該已經膨脹了好幾倍。

佐久間說：「這種程度的違法，到處都是。」跟引發事故的駕駛說法本質上是相同的。從管制者的角度來看，完全不成理由。

大友不了解照護保險法的實際實施狀況與厚生勞動省的風氣，但是，如果自己是厚生勞動省的一員，應該會藉著這次機會，徹底打擊違法行為。

從次席檢察官的辦公室出來，走廊上的窗戶暗處可見數道雨的痕跡。雨不知什麼時候開始下，而且相當猛烈。

對一直待在屋簷下的大友來說，天空究竟在什麼時候會超過忍受的界限，他並不知道。

二〇〇七年四月十三日

佐久間功一郎

隔日凌晨零點三分。低氣壓隨著西風從西向東移動。

佐久間功一郎抵達森林本社的時候，東京也開始下雨了。

六本木街道上的燈光，濛濛照亮籠罩大半天空的雨雲。佐久間在辦公大樓一樓的便利商店買了把塑膠傘，撐起傘便從六本木往西麻布走去。

也許，相當棘手……

今天一整天都到各地客戶那裡說明狀況，這種感受令人不快。其中有些人抱持著敵意的態度。至今，以業界中規模最大的企業為盾牌而強制取得的種種好處，現在會變成以怨恨為回報嗎？

他也聽說會長試圖在政圈中運作，聯繫總理周遭的人脈關係，但都被拒絕了。對方並未遵守在手冊上記載的「我支持森林」的約定。到目前為止，對於森林所發生的事件，一概置之不理。

風向改變，塑膠傘被風吹得搖晃不已。横向的雨滴打得佐久間臉頰一片潮濕。

他心裡泛起苦楚的回憶。

為什麼會演變到這個地步？

佐久間念茲在茲的，從小到現在都沒有改變。

勝利、成功，以及從中而生的萬能感。

從小他就很喜歡勝負，不，是喜歡獲勝。打敗他人而得的優越感，就是自我價值所在之處。在這個紛亂的世界上得到認可，就等同於自我得到肯定。

小學時，不管是課業還是運動，他的成績都是第一，中學上了名門私立學校，即使在那所學校裡，在籃球社是王牌，成績也一直保持在優等。

當時正值泡沫經濟的最高峰，所謂日本第一的時代。少年佐久間將自己的未來，與那些成功人士（輕易取得洛克菲勒中心、梵谷的向日葵的人）重疊，自己也會像那樣，取得壓倒性的勝利。

他大學畢業出社會是一九八九年，沒多久泡沫經濟開始崩盤，就職冰河期開始到來，就算是被視為名門的大學，沒有錄取的人還是不少。但佐久間不受影響，順利取得數家有名的企業內定。

那時，開始懂得人情世故之後，他非常確信隱約感受到的事。

我是跟一般人不一樣的特別人物。競爭越激烈，就越顯現自己的獨特。經濟不景氣、或者其他問題，都與我無關。如此獨特的我會繼續取得勝利。

從隨意挑選的就職目標中選了品牌形象良好的電機大型製造商，被分發到營業部，在那裡佐久間像是證實了自己的確信，雖然是新人，但業績卻比前年更加上揚。

業務可以說是佐久間的天職。業務的奧義在於積極地思考和溝通能力。佐久間同時擁有這兩項特質。他會對自己說「一定沒問題」，也有不屈不撓的毅力讓客戶買帳。然後，取得成功的成就感也很特別。

在社會中不問過程只看結果這一點對佐久間來說，更是讓他如魚得水。

然而沒多久佐久間就發現自己工作的大型製造公司的發展有限，不管怎麼想，能力比自己差的上司，占據高階位置，領的薪水也多。只有低階的新進員工要面對嚴苛的競爭，而資深的員工則安於現狀，能夠擔任董事以上職位的人，也都是跟創業者家族有某種形式的姻親關係。

結果一年後佐久間就辭掉製造商的工作，尋求發展更好、充滿挑戰的環境，因此進入當時剛在草創期的人力派遣公司。

比起舊體制的大公司，新公司反而更適合佐久間的特質。剛好當時也大幅度放寬規制，因此公司的業績急速成長。

處於經濟狀況停滯的背景下，作為想要壓縮人事費用的企業與求職者之間的橋梁，然後賺取佣金。在其中，常有強硬地乘人之危來賺錢、不擇手段的世界。

在社會上不時有人批評，派遣業界根本就像是人口販賣；但是森林的所有者，也就是會長，則自稱為「人才派遣業是創造新價值的事業」。

不受既有的常識與道德限制，追求徹底的利潤。隱藏不利的工作狀況，強調有利的方面；能夠嘗到甜頭的話就盡量舔舐，能夠榨取的地方就榨取到一滴不剩。將利益最大化就是這個世界的終極之道。正因為利己的舉措，結果會成為此世之中的成就。對於理直氣壯說出這一番話的會長，佐久間更是尊敬。

會長的說法絕對正確。

批評派遣業的人是腦袋壞掉的偽善者。如果沒有派遣業的話，企業因為高額的人事費而經營困難，勞動者也會因為沒有工作而困擾。比起在外圍批評的那些人，會長的話才是真正對社會有幫助。

佐久間從學生時代開始就抱持著「正確不代表一定是好的」，他到現在終於明白這種想法真正的含義是什麼。也就是偽善。光明正大主張「正確的事」的傢伙，僅只是抓住既存價值的偽善者。

會長的觀點則毫無偽善，而且有其效果。就像在一艘尋找新大陸的船首掌舵。決定轉調到併購的照護企業時，佐久間也相當樂意。

結構與人才派遣相同。

需要照護的老人，與照護工作者，提供兩者之間的連結，收取佣金。雖然不擇手段，但是現在必要之事。不僅只是單純地照顧、協助老人這等美事，還要讓老人懷揣著的、即將腐爛的金錢，重回這個世界中。

隨著浪潮，這艘船明明可以航向無盡……

現在這道浪潮卻改變了。這艘船受到風雨襲擊，就快要沉沒了。

如果持續下去，船終究會沉沒。輸掉。應該很特別的、應該會一直勝利的我會輸。

這是不能出現的事情。

偽善者！

佐久間想起這次指出森林違法行為的東京都負責人，雖然沒有見過他本人，在佐久間的想像中，應該跟大友長著相同的臉。

一臉得意洋洋地闡述正義，一面在船上挖洞。

一樣都是偽善者。
佐久間腦中又浮現出報導彈劾森林事件的記者。每個人的臉，都跟大友一樣。一副很了不起的樣子，擱置自己的事情，而想要領著他人的腳步。
這種偽善者，不都打著正義之名？說到底，只是利用立場，追求滿足的自慰罷了。
佐久間與夾著雨傘、奮力跑著趕上末班電車的人交錯而過，與此對照的是車道上的車子緩緩前進，雖然已經過了午夜，沿途的店家卻都還未熄燈，整條街道亮晃晃。五彩繽紛的淡淡光線瀉入雨中，在年紀較長的人眼中，比起泡沫經濟高峰時，現在已經變得落寞許多，但佐久間並未見識過當時的六本木。
過了西麻布十字路口沒多久，佐久間轉入右側的狹窄巷道，如蛇般蜿蜒、籠罩在雨的潮濕氣息下的巷道，在大樓間隙，有家酒吧。
佐久間進入店裡之後，吧檯中的酒保略微瞥了他一眼。
「包廂，約好的人已經到了。」
佐久間說完，酒保默默地點點頭。
店內大小約有二十坪，兩間包廂，空間寬敞舒適。吧檯前是兩名結實的黑人，身上肌肉像漫畫裡的人物那般誇張，兩人安靜談笑。其中一間包廂，有個穿著豹紋皮草、像娃娃一樣的女人，和一個胖胖的中年人，身上是品味低俗的鱷魚皮外套。乍看之下，還真不容易判斷哪一方是獵人。

佐久間經過那間小動物園旁的走道，往店內更深處走去。先是一面隔板，在隔板後藏著一扇門。

開門進入裡面，簡單的房間中央有組沙發椅，桌面有酒和簡單幾樣下酒菜。沙發上坐了一個剃掉眉毛、頭髮全往後梳的男人，正在喝酒。

「唷！」男人舉起酒杯。桌上酒瓶貼著畫了牛的酒標，野牛草伏特加。濃郁、強烈的酒與這男人的形貌十分相合。

男人的名字是阿健，本名不知。跟佐久間應該屬於同世代，但年齡不詳，平常做些什麼事情也不清楚。但有一點可確定的是，此人絕非正派。

佐久間在他對面坐下。阿健的那一側看得到一扇小門，如果出現緊急狀態，可以從這扇小門出去，直接通到巷子裡的緊急出口。所幸到目前為止，這扇門還沒派上用場。

「下個月我一定付錢，不能讓我通融一下嗎？」

佐久間一說出口，阿健無聲地笑了。

「工作不是很忙嗎？你們會長聽說也是火燒屁股啦！似乎到最近都一直是朋友的總理大臣也翻臉，對他極其冷淡吧。」

消息靈通的男人。

會認識阿健是在會長主辦的宴會上。當時佐久間尚未派任新職，還是人才派遣公司的職員。會長交遊廣闊與精彩的私生活眾所周知，在宴會中，從知名的企業人士到像阿健一樣的怪人所在多有，參加的人可說是五花八門。

「拜託，給我『藥馬』。」

佐久間直視著阿健，但阿健看著其他地方，兩人視線並無交會。

「真的有買藥賒帳的笨蛋啊。」阿健臉露驚訝地說。

在宴會上，聲氣相通的阿健，給佐久間一顆暗色的藥丸，問他：「稍微平緩情緒的營養補充劑，要不要試試？」

但是，那個藥丸成分當然不是維他命或胺基酸。漢字寫作「藥馬」的灰色藥丸主要成分是興奮劑，效用當然不是胺基酸那樣，口服注射幾分鐘後，會刺激中樞神經，讓腦袋有種撥雲見日般的清明，驅除不安，使注意力更集中。雖然屬於興奮劑，但不需要使用針筒或打火機，而是方便的藥丸，一開始就比較能減少使用者的抗拒。

佐久間知道手上的藥丸會讓人產生依存症，但他覺得自己可以輕易應付。也對阿健所說的話「稍微平緩情緒的營養補充劑」有微妙的認同，所以就開始偶爾向阿健買藥。

在人才派遣公司工作的時候，進行大規模交易或合約簽訂之前，佐久間會將藥馬作為強心劑來服用，會產生非常有趣的結果。對於面對顧客，需要具備積極性與堅毅性的業務員來說，興奮劑提供的作用力相當強大。像佐久間本來就具有的積極思考與溝通能力，此藥能夠使之極致發揮。

不久，在用藥的時候，佐久間注意到這藥也有助於提高性能力，工作順利完成的時候，就以慶功名義，從高級俱樂部找女人來，一起吃藥享樂。一整晚彷彿數度融化般玩味著快樂與滿足。服了藥與玩了女人之後，就更能夠專注於工作。

事業上的成功會讓佐久間振奮，薪水與獎金一再提高，加上工作成效卓越，也讓佐久間醉心於這樣的成就。佐久間念茲在茲的就是勝利、成功，以及伴隨而來的萬能感。

不知不覺間，他在人才派遣公司的業務部成績遠遠超過其他人，於是轉調到森林的企業，高升為部長。

到那時為止，藥馬是他的潤滑油，一切都還能控制在手裡。

但是轉調森林之後，工作卻漸漸變成毫無進展。

佐久間剛轉任時業績原本還不錯，但照護保險法修訂之後，就變得停滯不前。

他以在人才派遣公司時同樣的強勢擴展業務，卻得不到好的結果。只好借助藥馬，將自己的能力發揮到極限，但不論怎樣努力，都會碰上厚厚的牆，難以突破。工作導致的壓力也遠高於興奮，無所不能的感覺越來越少，取而代之的是無以名狀的不安。

該不會是，我可能一點都不特別吧？他心中突然冒出這個念頭。

不對！現在只是稍微有些不順而已，很快就會再步上軌道，贏得勝利。

佐久間不斷重複告訴自己，卻沒能消除不安，身體裡彷彿有個柔軟的地方開了一個洞。現在，像是要填補那個空洞，而使用藥馬、玩女人。量與頻率漸次加高，因此越來越常與阿健聯絡取藥，薪水也全部花在藥與女人上面。

中毒？絕對不可能。不論何時，我可以自由停止。只是，為了度過眼前的難關，所以才需要這些。

佐久間對此想法堅信不疑，所以，跟當檢察官的同學見面，一起吃飯時，態度得以從容自在。

即使現在已經花光所有金錢仍然不足的狀況，佐久間也不認為自己已經沉溺在毒品與性之中。只不過是泅泳在其中。

「幫你介紹那些面目猙獰、可以借你錢的人也是可以，不過我想，那樣的話，你就徹底完蛋了。」

對冷笑著說出這些話的阿健，佐久間不覺反感。

徹底完蛋？像你這種傢伙竟然敢對我說這些話？不過是現在手頭上周轉不過來而已，只不過是借點錢，怎麼可能完蛋？

「那也沒關係，可以借我錢的傢伙，介紹一下吧。」

「喂，不要那麼急，佐久間，如果是你，還有更好的方法啊，你是森林的業務部長，一定可以取得公司完整的資料吧。以顧客名單為首，森林擁有的資料，用那個來交換的話，藥馬想要多少就有多少。」

「資料？要做什麼用？」

「我是想說，作為一個創業家，除了在東京北方賣藥以外，還有許多可以拓展的範圍，現在最使得上力的，就是做老人的生意。」
老人的生意？這個男的再怎麼說都不像是可以做照護工作的人。
他的意圖，用膝蓋想都猜得到。
「詐騙啊。」
「真是厲害，不愧是見多識廣。『是我是我』那種啦。明白地說，根本輕而易舉。沒有被逮捕的風險，而且還賺很大。國內規模最大的照護企業森林所擁有的癡呆症老人資料，對我來說，就像座寶山。」
「……」
寶山？的確是。日本老人相當有錢，只不過那些錢幾乎都藏在櫃子裡，或是存在銀行帳戶裡，根本不流動的死錢，要把這些錢拿出來，注入新生命，這個看法，阿健或是森林都一致。提供等價的照護換取金錢，或用欺騙手段取得金錢，只是方法上的差異。
「怎樣？不給我資料？」
佐久間考慮著。
但是，方法重要嗎？讓不流動的金錢，重新注入活力，這件事應該更為重要。
阿健說沒有風險。如果這是真的，就跟在無人車站逃票一樣。
「告訴我一件事，你是流氓嗎？」

佐久間一問，阿健冷笑起來。

「不是告訴過你？我是創業家，是商人，現在還當流氓的傢伙，是貨真價實的笨蛋。現在有暴力集團對策法的規範，一點都沒搞頭。」

也就是說，他不屬於哪個團體，而是存在於地下社會中的人吧？

佐久間考慮著。不是考慮是否要將資料交給阿健，而是，要怎麼做，才能以對等的立場跟阿健進行交易。這也是業務員該展現手腕之處。

二〇〇七年四月十六日

「他」

三天後，早上八點二十二分，「他」在住宅區的步道上踏著自己的影子走著。

直到昨天都很陰沉的天空，今天又變晴朗了。

彷彿甩開附身魔物，萬里無雲的天空，藍得過火，反而散發不祥之氣。

眼前可見一住宅區。

八賀朝日住宅區，半數居民都超過六十五歲。只有老人的家庭超過三成，其中一半是單身家庭。沒有其他寄託的老人群聚的地方。名為朝日實為黃昏的住宅區。

住宅區的入口有一塊告示牌，貼著「小心電話詐騙或存款詐騙」的海報。新聞上最近的熱門話題，似乎有許多人受害。

「他」進入住宅區裡面建築物之間的小公園，在板凳上坐下。那個樣子，看起來就像無所事事，而到公園曬曬太陽打發時間。眼尖的人即使注意到他戴著耳機，也只會覺得他在聽收音機，而不會覺得有任何可疑之處。

「他」凝神細聽。

今天，不是「處理」而是調查。

調查的目標是住宅區裡的一間房子。

裡面的狀況透過竊聽器的電波傳入他耳中。

一房加餐廳廚房的狹小房間屋主是緒方和，八十五歲，獨居的老婆婆。下半身行動不便，躺在床上的時間頗長。最近忘東忘西的情形益發嚴重，說不定是老人癡呆症的症狀。只有週末會有照護者提供居家服務，平日則由住在附近的媳婦撥空來幫忙照顧。

「為什麼你想尿尿的時候不會先說呢？」耳機清楚傳來說話聲。是那個媳婦。

「對、對不起……」緒方和小小聲地回答。

應該是早餐吃到一半的時候，她失禁了。

「媽你這樣不行啦。」

「不、不要這樣！」

「不行！這是要教你。」

啪！清脆的聲音。

「啊——！」

啪！啪！啪！

「好痛！好痛啊！好痛！對、對不起……」

媳婦打婆婆的聲音，婆婆求饒的聲音。

隔一會兒後，夾雜著媳婦啜泣的聲音。

「為……為什麼……為什麼？」

一邊哭，一邊打嗎？

家庭照護中虐待並不算少見，然而，對於身體變得不方便的家人，隨他們的喜好而協助他們的人，幾乎沒有，因為以壓力為名的絲線操縱著人類。

這個媳婦應該也變成那樣了。「為什麼？」與其說是責問緒方和，不如說是對自己的提問。

每個人心中的忍受力都不一樣。對這個媳婦來說，每天照顧婆婆的生活，應該已經超過她的極限。

「對不起，我竟然做出這種事……說到底，還是死了比較好……」

跟媳婦的聲音比起來，緒方和的聲音更顯乾澀。

「這種事……這種事……嗚……」

媳婦的聲音消失在眼淚裡。

「他」閉上眼睛，深深呼吸。

「他」確認了，自己心中的意志——殺意。

並非因為怨恨，也不是憎惡，殺人。如此清晰的殺意，確實存在。

為了殺人，所以來到這附近監聽「調查」。

首先確認是否要殺人，然後是要掌握殺人的時機。

不可以焦躁，不可以勉強。沒問題。雖然有風險，但謹慎的話就會處理得很好。

有經驗的「他」很清楚。

謹慎小心、仔細處理，完全犯罪就可以成立。

第三章　消失

二〇〇七年六月

二〇〇七年六月六日

大友秀樹

上午十一點十五分。法官宣告判決。

「被告，求處三年有期徒刑。」

沒有緩刑，需如實執行的判決。不過，擔任檢察官的大友心中卻沒有絲毫成就感。耳朵深處又傳來往常的痛楚。

在一旁的事務官椎名似乎輕輕地嘆了口氣。

對面的律師眉頭深鎖，就連裁定判決的法官也面色凝重。

在愁苦的氣氛籠罩的狹小法庭上，只有一個人，也就是被告，表情平和自若。

像犰狳般弓著背的老婦，川內枝，無固定住所，失業，也就是所謂的遊民。罪名是偷竊累犯。用平常話來說，就是慣竊。她在便利商店偷了日幣一百一十圓的飯糰，以現行犯被逮捕。

雖然是慣犯，但因為偷竊而判處三年徒刑，卻非一般慣例，這次是因為情況特殊。

這是被告川內枝的希望。

「拜託盡量把我關在監獄裡越久越好。」審問的時候，川內枝如此要求。

通常刑事犯，特別是犯了情節輕微的罪犯，都會盡量避免實際刑罰，但是川內枝卻希望自己能進監獄。

「因為，社會上沒有一個人肯幫我，在監獄裡，我還能活得比較像個人。」這是川內枝的想法。

從她說的這番話來看，不難知道這已經不是她第一次實際服刑。大約半年前，她才從監獄出來，當時也因為同樣的罪名而受監禁一年。

川內枝因為罹患風濕病，手腳關節完全變形，已屬於一般需要照護的老人，但是，遊民因為沒有居住的地方，所以沒辦法利用照護保險，甚至也無法接受生活保護。

生活保護是保障基本人權之一——生存權的一種制度，因為沒有住所為理由而無法提供生活保護，就是不合理的問題，但是，因為財政困頓，而採取如此應對方式的自治體並不少見。

沒有任何倚靠的川內枝，為了生活，拖著行動不便的身體三番兩次偷東西，這次被捕，因「毫無反省的惡劣態度」而被關到監獄裡。

在監獄中，每天有人準備三餐，上廁所或洗澡時，也都有人協助，染患的風濕病可得到照料，身體不適的時候還會請醫生來，開給藥物。

這些可說是最低限度的基本需求的待遇，對川內枝來說，全都是不敢奢望的事情。

所以，川內枝注意到這一點。對於像她這樣的老人，監獄中越來越多。

「川內女士，監獄再怎麼說也不是個好地方，再多一點努力，在這個社會上尋找自立的方式吧？」

逮捕後的審問中，大友提出這番說法，但對川內來說，就像毫無作用的千隻紙鶴。她說：「刑警先生……啊，是檢察官吧？那個啊，對你來說，監獄不是舒服的地方吧？但是呢，是我的極樂世界啊，我也不是想要做什麼壞事，只是，我還有什麼辦法？自立的話，難不成你要照顧我？不可能吧？所以，讓我進監獄吧。只是偷竊不行嗎？還是我去哪裡放個火？如果殺人的話……啊，但這副身體，大概會被殺掉吧……」

她是犯罪的人，但並沒有對自己所犯之錯好好反省，再犯的可能性極高。實際服刑的理由非常充分。

不過，這可算是制裁嗎？

大友相信人性本善，不論是哪一個人，靈魂中必然擁有善，所謂制裁，並不只是單純地確認事實給予懲罰，而是訴諸於善性，使其承擔其所犯的罪，抱持罪惡感，而重新悔改。

就審問中的答話，川內枝也適用性善的道理。在她的靈魂中的確保有善性。她並非故意傷害或心懷惡意的犯罪，只是對她來說，她能夠以人的身分活著的地方，只剩下監獄了。為了進去那裡，因此才以犯罪為手段。讓她視此為自身的罪惡，也是不可能。

如果，真的制裁這名老婦，就應該要讓這個社會上沒有使她犯罪的因素，而且要能展示她可以活得像人的方式。

只是，大友做不到這點。作為一個檢察官，大友能做的只是形式上的問罪。

她進監獄之前，會不斷試圖犯案吧，如果是這樣的話，為了維持治安，給予實際服刑的拘禁，正符合所望。是否可算作制裁，只能暫時不論了。

恐怕不只是大友，律師跟法官應該也有同樣的想法。

最後，法庭依照老婦的意願，判處她既非「刑」亦非「罰」的「刑罰」。

宣告判決之後，法官告誡被告人。

「被告人，請務必一邊服刑一邊好好反省，出獄後，不要再度犯錯，努力地好好生活。」

法官應該也明白，「努力」之類的激勵根本無法產生什麼作用。

「是。非常感謝。」低著頭的川內枝臉上浮現笑容。

「老實說，川內女士究竟算被害人還是加害人，實在很難分辨。」走到地方法院的一般出口時，椎名突然冒出這句話。

他想表達的意思很清楚，大友自己也有同樣的看法。只是……

「這樣說的話，就會沒完沒了。有意圖的犯罪者，大抵都有些苦處，遇到災害，然而，在同樣糟糕的狀態下，還是有許多人不會犯罪，因此，犯罪者就是犯罪者，不接受制裁不行。」

「嗯，的確如此。我能了解這種說法，但是……」椎名老是猶豫不決地說，「像川內女士這樣的人，只怕以後會持續增加啊。」

「持續增加？」

「對。日本現在一直朝著少子高齡化前進，這不僅只提高國民的平均年齡，也造成不同世代之間人口極度不平衡，身體行動不自由卻沒有可倚靠的家人的老人會越來越多，這些人沒有收入沒有積蓄，被排除在社會福利之外，如果不想生活在比監獄還要糟糕的環境中的話，就可能成為他們的犯罪動機。如果監獄的機能變成被社會摒除的老年人之家，這實在很傷腦筋吧。」

的確，以川內的案例來看，也許監獄並非矯正設施，而是變成像老人之家一樣的地方。無論如何，這並非監獄之所以存在的理由。

「或許吧。但是也不可能任憑犯罪者到處遊蕩。最後，檢察官還是得把眼前的事情認真解決才行。」

椎名的擔憂更為根本，只是已經超過檢察官的職責。

「只有這樣了……」

大友和椎名走出通道，踏上從像墓碑一樣的水泥建築延伸而出的馬路。

X縣的縣政府大樓周圍，環繞著稅務機關、地方法院、地方檢察本廳、縣警察本部等等的建築物，形成小小的行政區，縣內大規模企業的大樓、報社與地方電視台的辦公大樓也都在這一區，白天路上人潮不斷。

的韻律。人群的嘈雜聲與汽車的喇叭引擎聲，在大樓與大樓之間無規則的反射，形成了獨特

大友邊走邊想起前些時候聽到次席檢察官柊說過關於老人涉案的刑事案件增加的那一席話。以大友負責的案件範圍來思考，不論是加害者或是被害人，捲入犯罪中的老人，都是缺少必要支援的老人。

親人以照護之名接近而被殺害的老人、夜裡在街上徘徊而被車撞死的老人，如果他們都受到細心照料的話，應該就不會失去生命。

考慮這樣的事件，卻也想不出可能的方法。如果，每一個人都能像大友的父親一樣，在老人之家中生活，犯案的老人，或者被捲入犯罪的老人，應該會持續減少。

在照護企業工作的朋友曾經說過：「這世界上最令人不忍卒睹的就是老人之間的差異。」

路上喧鬧的聲音與耳鳴混雜在一起。從法庭之後一直沒消失的耳朵疼痛。

「應該明明就很清楚的呀。」在停下腳步等紅綠燈的時候，椎名喃喃自語。

「很清楚？」大友轉頭詢問他。

「啊，那個……看了天氣預報，就會知道明天天氣狀況對吧？儘管不是百發百中。」椎名盯著前方報社大樓說。牆上有電子布告板，天氣預報、新聞、運勢占卜輪流出現。

根據預報，今天天氣晴朗，但明天會開始下雨。比往年遲了一週，梅雨季似乎也即將到來。

椎名繼續說：「但是，要預測一週以後的天氣就變得不太容易，要預測一年之後，就幾乎等同於占卜了，如果說中，就會成為茶餘飯後的八卦話題。這不僅限於天氣，股價、賽馬、職業棒球的冠軍隊伍，或是關於未來可能發生的事情，在類似的狀況中，不論使用哪一種高等數學，都沒有辦法預測到正確的結果。因此才會成為賭博的對象。例外的是，也有一些可以相當早就預測出的事情，其中之一——」數字感很強烈的事務官一度停止發言，「——就是人口。人口推算，如果是再十年、二十年，不會有太大的差異。現在高齡化什麼的大家都在說，但會變成現在這樣，二十年前，甚至更久之前，就已經很清楚了。」

「這樣啊……」

已經很清楚啊？

或許是吧。高齡化、少子化這些說法大友許久之前就已經聽過，若說已經了解，倒不如說現在才漸漸了解。在此之前，日本朝向少子高齡化的趨勢發展，即使不是人口統計學專家也知道這種情況。

紅綠燈切換，人潮又動了起來。

大友走在斑馬線上時，突然停了下來。

「怎麼了？」

「抱歉，等我一下。」

大樓的電子廣告板本來顯示天氣預報，突然插入一則新聞。

新聞快報：厚生勞動省決議處分森林企業。停止照護事業。

今天早報尚未刊載的新聞。大友父親就住在森林的老人之家，這事與他切身相關。

大友取出口袋裡的手機，連上網路。在報社網站上，現在是頭條報導。

照護企業森林退場處分

厚生勞動省老健局實施全國調查的結果，森林旗下多家事務所充斥惡質的不法行為，適用於連坐制的森林母企業，照護服務事業所的新規與更新指定都得到禁行的處分。因此，森林不能再展開新的事業所，既有的事業所也無法更新，必須即刻從照護事業領域中退場。

手機液晶螢幕上顯示的是，今年四月大友聽聞森林在東京收到改善勸告時，曾經出現的疑慮，現在具體化了的事態。

大友關掉網路連線，從通訊錄中找出在森林工作的佐久間的電話，並試著撥出。

「您所撥的電話號碼現在無法接聽，請稍後再撥。」

大友聽見的是制式回覆訊息。

電子廣告板又從新聞切換到占卜。

「本日幸運星座第一名是天蠍座，會遇見意想不到的好事。」

這種不負責任的未來預言的文字閃爍流動。

根據神話，傲慢的巨人奧利安觸怒大地之母蓋亞，她放出蠍子，蠍子的毒針刺到奧利安，使他身亡。像是象徵這件事，冬天的天幕中心獵戶座，到了夏天，一見到天蠍座，就如逃命般地沉落。

這個夏天，照護事業中驕傲的巨人森林，也受到致命的刺傷。

斯波宗典

二〇〇七年六月十一日

五日後，下午兩點零二分，快要醒來之際，世界中燦爛的光線全部消失，微暗的公寓天花板突然在眼前開展。

啊，原來是夢啊。

斯波宗典做了一次深呼吸，上半身慢慢坐起。

逐漸清明的意識也感受到圍裹著身體的濕氣。

前天，縣氣象局宣布進入梅雨季，已經許多天都緩緩下著雨。

睡覺時換穿的長袖T恤因為汗水而濕漉漉。暑氣悶熱。

他看了一下床邊的鬧鐘。

值夜班後回到家鑽入棉被時已是十點左右，這樣大概只睡了四個鐘頭。

斯波上班的八賀中心是兩班制，輪夜班的隔日，原則上是休假日。

他閉上眼睛，試著回到剛才愉快溫暖的夢境裡，但令人覺得黏膩的濕度使他無法入睡。也差不多到了不太適合白天睡覺的季節了。再說，即使睡著了，大概也難回到同樣的夢中。

直到醒來之前，看見的是兒時的夢，與父親一起的家庭旅行，在點亮的船塔之前，有米老鼠與灰姑娘閃閃發亮的盛裝遊行，船塔前有迪士尼的電子大遊行？

超乎現實的場景，斯波心裡明白所由何來。去神戶船塔的回憶，以及東京迪士尼樂園的回憶，兩者混雜在一起了。這都是他上小學時候的事情。現在只能在夢中見到的父親高興地笑著，美麗的回憶巧妙地結合起來，成為比真實更美麗的夢。遙遠的記憶已經變得有些模糊，但回憶卻十分鮮明。

斯波離開被窩，拉開遮光窗簾。多雲的天空灑下淡淡的光悄悄潛入房間裡。

他撿起掉在地板上的遙控器打開電視，並沒有特別想看的節目，只是想用一些嘈雜的聲音，多少掩蓋現實與美夢之間的落差。

當他再次切換頻道的時候，畫面上出現一個男人，他認識的人。

現在應該是晨間特別節目，男人坐在攝影棚的中央，周圍是主持人與評論家。男人的臉色十分憔悴，細長的眼睛下方浮現黑眼圈，嘴裡雖然正在零零落落地為某件事情辯解，但臉上毫無生氣，就像具行屍走肉。這個男人是森林的會長，對在地方上的到府照護事務所工作的斯波來說，就像雲端上的人物一般。

當然他們並沒有見過面。事務所的角落，掛著這個會長與現任總理大臣的保守派政治家堅定地握手的照片，只要來上班，不管願意與否，都會看到那張臉。在那張照片中，意氣昂揚的創業家精明的笑臉，跟眼前電視上看見的臉，毫無相似之處。

「你從今天早上就上了許多節目，現在還在說一堆藉口，已經沒有人會再聽你說的話了！」知名女星不留情面詰問會長。

「不……我絕對不是在找藉口，我是說，我違法的行為，基本上是來自於照護事業整體結構上的問題。」

「這不就是藉口嗎？你想要狡猾地逃避處分，才會說這些有的沒的。」

會長微弱的聲音立刻消失在一片撻伐之下。

會長在媒體上親自上陣辯解，應該是想要試圖轉變風向，但依目前狀況看來，顯然完全受挫。

五天前，六月六日，厚生勞動省下達極為嚴厲的處分，可說是要求森林實際從照護事業退出。當天晚上，森林召開記者會，宣布照護事業全部轉讓給集團旗下的子企業，這樣可以替代經營母公司，即使森林受到處分，但在法律上還是可以繼續相關事業。

但是社會上的反應極為冷淡。

隔天，六月七日，主要報紙的頭版與社論都提及森林的問題，一致批判將該受處分的事業轉讓到子企業，是惡劣的逃避處分的作法。

到了六月九日，日本全國各行政自治體齊聲同斥，並宣布在各自治體中，可各依權限不承認讓予子公司的事業讓渡。厚生勞動省也表示，並不樂見系列事業讓渡之事。

結果在森林集團中，也停止了事業讓渡的相關事項。在此之後，會長不管提出什麼形式，表達想要持續原來事業的企圖，卻無法被各界接受，也益發受到嚴厲如「早知如此何必當初、事情毫無轉圜餘地」的批評。就像此刻電視上的畫面一樣。

節目等同於公開判刑。曾經叱吒風雲的時代寵兒，現在飽受各方抨擊。

攝影棚裡的大螢幕上顯示出會長擁有的豪宅、船，在像高級俱樂部一樣的地方喝著昂貴的酒的會長照片。

「你用從老人家身上騙取來的錢，過得這麼奢華啊！」

「不是，這些是我個人財產——」

「還不是同一件事？」

與會長形成對比的，是評論家虎視眈眈、越來越亢奮的神情。

「你這人根本沒有資格去做照護工作！」

「沒錯！利用照護來賺錢，真是豈有此理！」

「所謂照護，應該是只有本著無欲無私的精神，竭力為他人奉獻的人才有資格擔任。」

「不要再巴著不放了！」

便宜的電視搭配的音箱不斷傳來怒吼。

一片狂言。

斯波心中的感受。

利用照護來賺錢，真是豈有此理？

本著無欲無私的精神，竭力為他人奉獻的人才有資格？

那些人是真誠地說出這些話嗎？覺得這是好的想法嗎？

不收取費用，無欲無私，願意幫別人擦屁股的人，會有幾個？

大多數的人應該都缺少想像力吧。

斯波想起在森林工作的經驗中，被照護工作壓得喘不過氣的人。

承擔著照顧父母的艱辛，不向他人抱怨的女兒。

家人要求她照顧婆婆，自己也認為這是她的責任，結果卻變成了虐待婆婆的媳婦。抱持著理想認真工作的照護人員，卻在一次工作中怒罵他人，隔天就無故蹺班，最後還辭職。

媒體上播放出來缺乏想像力的「好想法」，會更加緊緊束縛像這些女子這樣的人。斯波覺得厭煩，便關掉電視。漆黑的畫面倒映出自己的身影。看見那個影像，斯波不覺驚訝。就像在夢中見到的父親。同樣彎曲的眉毛，有點厚的嘴唇，跟父親酷似的臉，自己身上遺傳了父親百分之五十的基因，彷彿得到實際證明。

或許是電視的關係，刺痛的心，稍稍平息了點。

在這裡恍惚也沒有用。我有我該做的事情。

照顧父親那段日子的記憶，是斯波最重要的支持，就像羅盤指引他前進的方向。這還稱不上遙遠而鮮明的回憶，而是記憶。

斯波的父親倒下時，是一九九九年七月，預言落空的那個夏天。

當時他父親是七十一歲，他只有二十三歲，是年齡差距如祖孫的父子。斯波的母親在他即將上小學前，因為交通事故而去世，所以成為單親家庭。

斯波高中畢業之前，兩人關係良好一起生活。升大學時，斯波獨自來到東京，開始一個人生活，兩人之間慢慢出現問題。

每一年，斯波會回老家幾趟，父親就會帶點攻擊性的責問他，說出「真是不知道感恩」或是「上大學也都只是在玩吧」之類的話，甚至他自己忘記了，卻還責怪斯波「偷了我的錢包啊」！

現在回想起來，那些應該都是老人癡呆症的前兆，再加上一個人生活的寂寞，讓個性變得複雜了。但是，當時的斯波對於突然變得很難伺候的父親只覺得厭煩。

大學畢業後，斯波在東京成為無業者，當他告知父親時，父親也只是責備：「給我認真工作！」或是：「明明都讓你上到大學了！」

斯波覺得，現在這個時代，跟父親那時已經完全不同。

是，時代不同。斯波與父親生存的時代完全對比。

父親生於一九二八年，三年後，發生滿洲事變，日本先有日中戰爭，然後是太平洋戰爭，中學二年級時，被動員參加「勤勞仕奉」的父親，就在工廠中工作，一直到戰爭結束。戰後復興之際，有一技之長的年輕人被視若珍寶，所以在知名的鋼鐵大公司就職。之後，日本朝向經濟高度成長期，國民所得大幅度提高，父親也不例外，在四十歲獨立之前就積攢大筆金錢，在X縣買下土地，開設鐵器公司。經濟持續擴展，事業也十分順利，最後收掉公司隱居的父親可以說是走過一切發展向上成長的年代。

另一方面，斯波所處的時代，已經看不見父親當時那樣明顯的成長趨勢，而是目前還看不到盡頭的下滑狀態。

斯波出生於一九七五年，少年時期約同於昭和的結束，日本突然進入被稱為「泡沫」的狂潮，若將有錢這件事稱作「富足」，這個國家史上最富足的時代，跟金錢有關的夢想的詞彙，到處都是。抱持夢想、相信夢想、朝向夢想、夢幻冒險、夢工場、夢幻列島、夢、夢、夢、夢。

賺錢的大人對小孩們說一切關於夢想的事情。

對你們來說有無限的可能。重視自己的個性，找到你的夢想，努力實踐。沒問題，只要相信，就一定可以實現夢想。

學校的老師、在電視上出現的文化人，每一個人都說著好聽的話。

父親也不例外。從斯波小時候開始，父親就常常對他說：「找到屬於自己的夢想。」

被包裹在以富足為名的泡沫之中的孩子，都相信夢想。大家的想法裡，展現自己的個性，自我實現，就是成為大人。

但是，斯波長大成人之際，等待著斯波的並不是夢想，而是被比喻為冰河期，就職難度空前的狀況。

就像殘酷的鬧鐘鈴聲大作，宣告要從夢中覺醒。

泡沫崩壞。

對於承受這狀態的斯波的世代，有一全國性報社命名為「失落的一代」。將各式各樣的人集合起來簡化為一個詞是媒體的惡習，但對當事人來說，卻也微妙地產生認同。

的確，我們或許是「失落的一代」。

失去了應該會有的，或者說已經擁有的富足的世代。為了爭奪少少的一塊派而激烈競爭。學生分為兩類，一是順利取得知名企業的預定錄用，國家考試合格的勝利組；一是接二連三的面試，精神越來越不堪負荷，卻依然沒有得到預定錄取機會的失敗組。

斯波屬於後者。

從孩童時代大人們就一直灌輸的夢想、無限可能、個性、自我實現，全都屬於與斯波無關的勝利組的；像斯波一樣的失敗組，始終只能抱持著無法實現的自我，在夢想的殘餘中徘徊不去。

與大家說的不同，事情不應該是這樣。感覺像是無法兌現的謊言被戳破了。

對於只經歷過經濟急速成長的父親，斯波實在不想聽他告誡：「認認真真地工作！」

又不是我自願成為無業者。你自己還不是因為景氣變差，就把公司收了？

隱居聽起來比較好，斯波上大學那一年，他父親經營上出現赤字，失去信心，於是處理掉往家與公司，開始租房子住。從那以後，他就沒有任何收入，只靠賣公司的錢來生活。要說沒有認真工作，彼此都一樣吧？

他不想再與父親見面，有段時間就都沒回老家去。

然後有一天，接到醫院打來的電話。

醫院的意思是，他父親因為腦梗塞暈倒，需要接受緊急手術，得取得家人的同意。即使接受手術，但是否能得救，並無多大的把握，只是若不手術的話，就一定沒救了。

現在回想起來雖然覺得不可思議，但當時他腦中真的一片空白，完全失去感受與思考能力，只像隻頭被切掉的青蛙，只剩下中樞神經的反應，張口回答。

「拜託你們進行手術吧！」

電話那一頭的人說，手術會提前執行，但請他盡可能地早點到醫院來。

於是他不顧預定的打工，搭乘急行火車，回到X縣。

父親會死掉？如果考慮到年齡的話，的確不算是會令人意外的事。只不過在斯波心裡，這應該還是相當遙遠的事情。

悲傷或者擔心這類具體的感受並未漸漸浮現，斯波心中感受到的只是著急與不安。

在搖晃不定的急行火車上，斯波腦海中自然憶起與父親相關的片段。

小時候，痙攣發作，父親背著他一路跑到醫院，那時，父親的背感覺十分寬廣。

家庭參觀日時，父親是現場唯一的男性，而且還上了年紀，讓當時的斯波覺得很丟臉。到了現在，斯波才明白，那時父親自己也一定非常不好意思。

中學時，有次玩得太過頭，毫無罪惡感，偷竊之後被捕，他父親狠揍他一拳後，流著淚說：「萬分抱歉，有一半是我的責任……」比起拳頭，父親的眼淚更讓斯波心痛。

然後，斯波一考上大學，他父親馬上賣掉公司，並非只是單純地經營不善，當中必定包括為了籌措斯波的學費而做如此決定。

這幾年雖然相處得不太愉快，但他們終究還是父子。

斯波知道自己一直受到父親疼愛。他應該要知道這樣的事情。

而現在，長年累月接受這樣的疼愛，卻沒能有所回報，更加後悔。

斯波抵達醫院之後，手術已經結束，父親已在加護病房中沉睡。

醫生明白告訴他：「我們已經盡力為令尊做各種可能的醫療措施，他究竟能否再睜開眼睛，只有一半的機率，請您先有心理準備。」

在床上沉睡著、臉色慘白的父親，跟在火車上不斷想起的從前模樣，著實衰老許多。

父親是如此的瘦弱，如此多皺紋？

斯波眼眶裡噙滿淚水。

爸爸，拜託你，幫幫忙趕快醒來，不要這麼快就死掉了！

此刻在即將面臨死亡的父親跟前，心中自然而然湧現此般感情。

手術完兩天後。

「唔，宗……典……」醒過來的父親斷斷續續叫喚斯波的名字。

「爸、爸……爸！」斯波臉上不覺涕泗縱橫，一邊反覆呼叫父親。

當時剛好在場的護士也陪著流淚。

之後，他父親住院三個月做復健，結果，還是半身麻痺。醫生說，日常生活全都需要他人照料，難以獨自生活。

本來斯波就發誓，如果父親康復，他就要回老家跟父親一起生活，盡全力好好照顧他。從那之後到父親去世前，每天的生活並不快樂，更正確的說法是，很痛苦。

據說，出現老人癡呆症前兆的老人，一旦腦梗塞，症狀會急轉直下。斯波的父親就像此類病例。

身體與精神都有障礙的父親體重相當重，一個人不太可能獨力支撐。

超過想像的艱辛，不禁讓他出現「如果那時手術失敗了……」這種想法。

但是……

「謝謝你。」父親死前說了這句話。

那時，已是照顧父親的第四個冬天，那一天，父親的狀況好轉了一些，也能清楚分辨斯波，明白自己患有老年癡呆症。

「我已經不知道現在會變成怎樣了……趁我還能清醒傳達的時候，我先跟你說。因為有你，我很幸福，真的謝謝你出世來當我的兒子。」父親說著還稍微笑了起來。

一週後，二〇〇二年十二月二十四日，聖誕夜裡，父親逝去。

最後的最後，因為有那一句話，讓斯波覺得報答了父親，自己也得到了回報。

然後，他發現，如果年紀變大身體機能退化而無法自力更生，或者因為老年癡呆症而使自我分崩離析，就算是如此，人終究是人，有時高興，有時悲傷，在幸福與不幸之間來來回回。支持父親直到最後的經驗，消除了心中對自己誕生的這個時代的怨恨。

的確，我是在整體狀況下滑的時候出社會，但是，歷經經濟起飛過程的父親，比我更快樂嗎？應該並非如此吧。父親還是小孩的時候，生活比現在更貧困、治安更差，中學畢業就得開始工作，也無法選擇自己想做的事，因為全都是迫不得已。我邊玩電視遊樂器，邊零零落落地背英文單子的年紀，父親就已經混在大人堆中工作了。獨力開始經營自己的生意之後，連一絲一毫的怠惰都可能把事情搞砸。就像我的時代有我的苦惱，父親的時代，應該也有他的苦處。

不要再怨嘆自己的時代了。不管在什麼時代，怎樣的立場，都有自己該做的事。斯波因為父親年事已高，相較於同齡的人，更早面對照護問題。也明白在照護的沉重與艱辛之下，更應該盡力維護作為一個人的尊嚴。

對於這樣的我，可以做的事，也是這樣的我，應該做的事——照護的工作。

這個國家逐漸邁向高齡化，像斯波的父親一樣需要照護的老人也會陸續增加。同時，家庭形式也變成少子化的核心家庭，像斯波一樣，必須獨自承擔照護工作不可的人也會持續增加。

斯波處理完父親的後事之後，就考上照顧服務員資格，應徵森林的工作。

先前就職活動的艱辛彷彿一場夢，斯波馬上就被錄取，即使是空前的求職冰河期，還是有急需人手的工作。

到現在已經快滿五年了。即使只有五年，卻充分感受到照護需求的增加。就算是森林受到處分，需要照護的人也不可能減少。

森林若以不同的方式繼續經營照護事業，斯波也會繼續眼前的工作，即使事務所關閉，也只是轉移到其他地方。

基本面完全沒有改變。還是做該做的事情。

不管自己能夠做的事情有多微小，儘管如此，還是做該做的事情。

結果，也就只有如此了。

二〇〇七年六月二十日

佐久間功一郎

九天後，下午兩點三十分。佐久間功一郎坐在擺放在房間一角的沙發上，啪啦啪啦反覆讀著今天發售的週刊。

埼玉與東京的交界處，緊臨荒川岸邊，川口市這一側的週租公寓。從窗戶望出去，河川與工廠的景色可說相當漂亮，但現在放下了百葉窗，什麼也看不見。

房間中央有一張大辦公桌，還有三張椅子，上面各坐一人，都是二十幾歲的年輕男子。兩個人在操作電腦，一個人正在用手機通話。桌面陳列數個檔案櫃，宛如SOHO的辦公室。

佐久間盯著週刊封面上不祥的標題「墜落的偶像！利用照護詐財，利慾薰心必受天譴」，抨擊森林與會長的特集。

是片面的殘酷報導，關於照護業界的狀況，完全未能正確傳達。靠醜聞與裸女賺錢的週刊，究竟有何立場能批評別人利慾薰心？

但是，「墜落的偶像」倒是說得巧妙。

佐久間曾經很尊敬的會長，淒慘地從雲端跌落泥沼裡。但是佐久間並不同情他。會長的方向是正確的，只是是一個太晚逃出即將沉沒的船的笨蛋而已。不對，他即使想逃也沒辦法逃得了。恐怕在世界的表面上，這已經到達極限了。俐落地大勝，就會受到打擊。明明只是正確地將利益最大化，太過顯眼，以致引來偽善者掣肘。

而我，在這個地下世界越來越順手，一直獲勝。

「所以啊，現在這個狀況，被害人說，只要給十萬元的慰問金，就願意接受和解。但你兒子手邊沒錢，你應該會幫他代墊吧？如你不幫他墊錢的話，你兒子會變成犯人喔。」講手機的男子矢島滔滔不絕迅速地說著。

他正在跟電車上性騷擾的男人的母親談論和解的條件。

雖然他自稱為警官，當然，絕對不是真的警官。這是沒有被害人與犯罪者的虛構案件。但是，一聽到自稱為警官的人打電話來，告訴你：「你兒子在電車上騷擾別人。」通常都會顯得驚慌失措，失去冷靜的判斷力。趁機就可以讓對方乖乖吐錢出來。這間辦公室裡，就是在進行這種事情。

「好，好，如果你願意的話，對我們來說也幫了個大忙。那就請你把錢匯到等一下我說的這個帳戶吧。盡快去，三十分鐘以內喔。」

相當順利的樣子。

「嘿嘿，十分俐落喲。」

矢島講完電話，一臉得意地對著佐久間微笑。漂白的細眉，皮膚曬得黝黑，穿著合身的窄版外套，最近流氓的模樣，比起小混混風格，反而更偏向服務生。

「啊，今天做得很好。只是，還沒有結束，也要認真地收回款項才行。」

矢島對其他兩人使了眼色，並點頭回應。

「嗯。」

四月，阿健要他交出森林的資料時，佐久間詳細詢問出阿健掌管的詐騙，而如此提議：「我把資料給你，但交換條件是，讓我加入。欺騙老人，我可是很在行的。」

詐欺屬於犯罪，佐久間十分清楚，但聽了阿健的話，估計可行。與其緊緊抱住森林不放，與阿健合作反而還有更大的可能性。

對於這樣的佐久間，阿健也覺得有趣，於是將他納為合作伙伴。佐久間將森林母公司管理的資料一一複製到隨身硬碟裡面，然後辭職。

嚴格說來，這是風險相當高的轉行，但好歹也是可行之計。

佐久間離開沒多久，森林就完蛋了。受到厚生勞動省實質上的處罰，會長也灰頭土臉地出現在媒體上。

反觀佐久間的詐欺，很快就有成果。

到現在為止，阿健是假裝成親朋好友，央求對方給錢，單純的「是我是我啦詐欺」，但依照佐久間提議，加上警官與律師登場，複雜的劇場形式，變成存款詐欺。

佐久間從森林帶走的資料，包括老人家庭的構成與經濟狀況等詳細的個人資料，將這些資料有效運用，寫出更有效果的腳本。

這方法十分奏效，賺取的錢也加倍成長。阿健也對佐久間的手腕讚不絕口，因此將存款詐欺的工作全面交給他管理。

「這個月的銷售額如何？」

佐久間一說完，矢島馬上高興的伸出三根手指。

「超順利，已經達成三個目標了。基本已經沒有問題。」

一個是一百萬，三個就是三百萬。

「這樣啊。」佐久間滿意的點頭。

阿健自稱為創業家，也將存款詐欺視為事業。這間週租公寓則叫做支店，一間支店有三到五名像矢島一樣的職員，而像這樣的支店，在埼玉與東京，阿健約擁有四家，他是社長。現在佐久間則是指揮四家支店的經理。

職員藉由存款詐欺所得的錢，則以銷售額稱之。其中就以佣金制給予薪水。每家支店每個月都設定基本額，如果達成的，佣金的比例就會提高。

從事這種非法行為，卻搞得像投機事業一樣。

詐欺集團以這種形式來作業，並非想模仿公司遊戲，只是即使是犯法，但要持續獲得利益的話，以這樣的秩序來運作可說相當合理。秩序導入之後，犯罪變成在固定的規則之下達成目標的例行工作。如此一來，比起罪惡感或緊張感，達成目標的成就感反而提高許多。

當然，矢島他們這些職員並不是為了成為犯罪者而在這裡，他們想要的是成功。

他們這群伙伴，十幾歲的時候大多加入飆車黨，原本是不良少年，過了二十歲之後，在社會上找不到自己的位置。

不久之前，也許還可以算是暴力分子之間的相互關照，現在，上下關係十分嚴謹，越來越不容易混的流氓集團，參加的年輕人一直減少。阿健將這些人聚集在一起，讓他們去詐欺或賣藥。據說，最近這類不法分子企業集團有增加的趨勢。

就佐久間所見，矢島他們完全沒有犯罪的意識，只是把它當成工作，甚至是一種遊戲，打電話給老人，騙取他們的金錢，最後，比起他們能得到的錢，從工作中得到成就感的動機反而發揮更強的作用。

原本這就跟佐久間一樣，對於自己所指揮的支店業績向上成長所得到的成就感，慢慢也像在人才派遣公司的業務部，成果出來的時候，同樣感受到意氣風發。

重要的是，勝利、成功，以及從中而生的萬能感。

「從佐久間先生來了之後，變得超強，以前，常常一個月還做不到兩個呢！」矢島邊說，還邊敬佩地看著佐久間。

佐久間的自尊心被填滿了，高興地點頭。

「現在的作法是比較耗功夫。但要讓老人交出錢來，讓他們單純的以為是自己人，刺激他們的溫情，這種『是我是我啦詐欺』效果並不怎麼理想。對老人來說，最有力的動機並不是溫情，而是『不安』與『羞恥』，所以只要製造讓他們感到不安與羞恥的情境，就很容易讓他們上鉤。」

佐久間導入詐欺的方法論，便是他在業務部時學到的原則，原原本本地加以應用。

不只是老人，相較於正向的情感，負面情感反而更能促動人。其中，不安與羞恥更是特別有效。不管怎麼說，促動人的，根本就在於不安與羞恥。

先前對阿健說自己「欺騙老人，我可是很在行的」，至今培養出來的業務技巧，在這個世界中運用，比他所想像的還要可行。

人才派遣、照護業界、存款詐欺，全都是不擇手段。佐久間認為，與其看著偽善者的臉色，虛偽談些善良的表象，詐欺反而還更光明正大。

「原來如此。」矢島一邊贊同佐久間的言論，一邊點頭。

佐久間得意地繼續對大家說：「聽好，現在日本的個人金融資產總額高達一千四百兆，幾乎可以說，隨便抓就一大把。但是，有這麼多錢，現實中還是叫著不景氣，為什麼你們知道嗎？是因為錢沒有運轉。實際上，這一千四百兆幾乎全由老人所有，他們都把錢存著而不使用。所以我們這一代年輕人，就沒有錢可以運轉。這就是得用頭腦的地方。將錢從所在之處取出來是好事。如果不使用金錢，那不管用什麼方法，還是要讓錢能流通才好。從老人那邊取得金錢，也就是讓已經死掉的錢重新活起來，也是拯救這個經濟已經腐敗的國家的好方法。」

對佐久間來說，這並非將詐欺合理化的藉口，而是打從心底相信的說法。以老人為目標的詐欺，完全是為了這個時代。

「佐久間先生說的話果然沒錯。我非常尊敬您啊！」

他究竟對佐久間說的話理解多少，實在很難講，但矢島就像這樣對他阿諛奉承。其他兩人也看似同意的點著頭。雖然知道只是諂媚，佐久間仍覺得高興。

其他支店也都是如此，所有工作人員都對提高業績的佐久間尊敬有加。

佐久間聯絡用的手機震動起來。那是借用他人名義的手機。

「喂，喂。」

「嗯，聽說，你們有在賣資料？」

對方沒有報出姓名就直接表明意圖，佐久間不記得聽過此人的聲音。這人應該是從阿健的人際網絡中聽到傳言才打電話來。

佐久間從森林攤出的資料中，自己未使用的部分，會進行銷售。如同阿健所說是「一座寶山」，想要高齡者個人資料的人很多。「哪個地方？」佐久間問，對方回答想要X縣的資訊。

佐久間立刻想到大友。盛氣凌人地標舉著正義而令人厭惡的男人。比賽敗北卻當作珍貴回憶的大笨蛋。自己的父親處在安全地帶，看起來擔憂照護業界的偽善者。四月打電話來的時候提及他會到X縣赴任。

佐久間想到，販售的資訊會敗壞那傢伙的地盤，心情就變得愉快。

「啊，有喔，還可以給你特別價！」佐久間說著，嘴角不禁微微上揚。

那天晚上，阿健找他到池袋的壽司店吃飯，還有包廂。

佐久間討厭鯖魚，並不喜歡壽司，但阿健應該很喜歡，每次都會約在壽司店。

加入當令的食材製作的飯糰，阿健吃了相當多，佐久間光是看著，都打起飽嗝來。

他們一邊吃壽司，一邊商討後續的合作事項。

兩人的關係可說是經營者與經理，阿健為主，佐久間是隨從。但是，阿健最近將存款詐欺的支店幾乎完全交給佐久間管理，自己很少露臉，專注在賣藥事業上。所以，反而更像是分工合作的共同經營者。佐久間多少意識到這一點。

「可是，佐久間，最好的時機已經過了，說起來還相當糟糕，不會就這樣什麼都沒了吧？」

阿健說的當然是指森林。到現在，佐久間所知也只是新聞上說的，最後應該還是無計可施，只能賣掉照護事業。銷售的對象是醫療照護系教育企業的「Mutumi Education」，與連鎖居酒屋「優」。

「是啊，難得轟轟烈烈地覆沒，一定要好好利用才行。」佐久間說。

阿健一臉警訝。「事到如今，還能怎樣利用？」

「的確可以，只是屬於間接利用。現在，媒體一味地攻擊森林，關於照護制度卻完全沒有建設性的報導，如此一來，導致的結果只是增加社會上的不安，特別是老人的不安。陷入不安的人，就更容易攻陷。再加上我們有的是森林的顧客名單，也就是，對於往後到底會變成怎樣相當不安的老人名單。從現在開始，就是我們幹活的時候。」

「原來是這樣，真不愧是知識分子啊。」

阿健的語氣中摻雜了隱約的嫉妒。佐久間並未忽略，而暗自陶醉在這種優越感裡。

一直以來，只覺得阿健是來路不明、令人害怕的男人，熟悉了之後，其實只是個令人意外地不學無術的流氓而已。雖然早就聽說他人脈豐富，對召集前不良少年這事也相當在行，不過阿健本人實在沒什麼才幹。

剛開始聯手的時候，阿健教了佐久間許多地下社會中各式各樣的業務，但是熟悉基本作法、建立規模後，現在反倒是佐久間指導阿健的時候比較多。

「話說，佐久間你的副業發展得不錯啊！」阿健轉移話題，語氣裡帶點刺，笑容也消失了。

一開始佐久間提出要販售資料時，阿健持反對態度。

把部分販售所得交給阿健，以及「本來這些資料就是我的，利用自己的東西來賺錢，又有什麼不對？況且，對你來說，什麼事都不用做，就有錢入袋，應該沒有理由反對吧？」以佐久間的立場來說，是理所當然的事情，他試圖以這番道理說服阿健。

此外，賣掉資料，轉變成金錢，對阿健來說也是一項收入。

不過，阿健似乎還是無法全盤接受。

那理由很清楚，就是嫉妒。阿健嫉妒佐久間的才能。

「託你的福，這個月所有支店都達到定額。那些有的沒的都讓我來傷腦筋就好。你是社長，只要輕鬆地坐著，等錢入袋。」

帶點開玩笑的回話，把阿健當笨蛋。

不知他是否注意到，阿健斜眼看著佐久間。

惹他生氣了嗎？

有一瞬間，佐久間感到背脊發冷，但馬上強自鎮定。

絕對，沒有問題。

佐久間加入之後，存款詐欺的業績迅速提升，這替阿健帶來實際利益。

如果跟佐久間翻臉，對阿健來說，應該是損失。不管心裡的真正想法是怎樣，表面上還是可以像那樣的利用佐久間。

阿健嘆了一口氣，一臉不悅地說：「是說，如果你認真做好事的話，也沒什麼好抱怨的。」說完拿起身旁的包包，拿出一個塑膠袋。裡頭裝的就是藥馬那種藥丸。

「我會繼續努力的。」

阿健拿出裝有藥丸的塑膠袋。

「那——就交給我了。」

佐久間裝出笑容，收下藥丸。

二〇〇七年六月二十七日

大友秀樹

七日後，下午五點四十七分。

「欸，大友檢察官的父親是在那家森林花園嗎？」

開車的老刑警隨口聊起，似乎知道森林花園是高級付費老人之家。

「嗯，是啊。」坐在助手席的大友秀樹回答。

平常日的早上，開往縣內第三大的都市久濃的縣道上車流不大，後座的事務官椎名眺望著窗外的景色。

天空一片烏鴉鴉，卻沒有下雨。

跟帶路的刑警隨意聊著，不覺就聊到雙親的照護話題。

「我家即使不用很高級，也想有足夠的錢來付一間付費的老人之家啊。啊，不好意思，我這樣說並不是要抱怨什麼……」

「不用在意，居家照護非常辛苦啊。」

「是啊，我家黃臉婆都有點神經衰弱了。」

刑警憂鬱地皺起眉頭。他母親腰不好，應該是在家照護的樣子。夫婦跟兩個小孩與母親組成的家庭，照護責任想必都落在他妻子身上。

他想起介紹父親到森林花園的佐久間說過的話：「照護家人是日本的詛咒。」特別是在照料的人手固定的家庭中，集中在一個人身上，就很容易產生問題。原本家裡的事幾乎都交給妻子，因此對這個刑警的話，也沒有立場說什麼。

「現在媒體的報導不少，對森林花園多少有些影響？」刑警問。

森林現在已經變成全國人民關心的大事。在集團內，想要逃避處分，而策劃事業讓渡事宜，會長持續在民間電視台參加特別節目，所以不缺話題，電視、報紙、雜誌，所有媒體連日來一直報導不斷。

最後似乎以賣掉照護事業拍板定案，然而衍生的相關問題是，對於是否會產生無法得到照護服務的「照護難民」，引起相當的不安。

「唉呀，看起來沒問題。」大友回答。「那裡沒有使用照護保險。」

因為處分，曾經很快接到森林花園所長的電話，對方表示：「今後保證也會繼續提供與目前一樣的服務，因此，希望您不用擔心。」本來森林花園就沒有成為此次問題所在的違法行為，因為帳務獨立，經營狀況也十分良好，即使變更經營企業，也只有名稱上的不同，這樣或許不會有太大影響。

安全地帶。

以前佐久間如此說過。即使森林解體，森林花園也會繼續存活。說起來真是諷刺，現在竟演變成那樣的局面。

讓大友更在意的反而是無法聯絡上佐久間。

前幾天，他直接撥電話到森林母公司專線電話，卻是其他人接聽，告訴他：「非常抱歉，佐久間因為個人原因已經辭職。」

之後雖然也撥打過他的行動電話，但似乎已經解約，而無法聯絡。

若考慮森林現在的狀況，辭職並不會讓人十分意外，但是，如果可以事先通知他一聲，也就不會令人如此在意；現在卻音訊全無，不免覺得事有蹊蹺。森林接電話的人回話時說得吞吞吐吐，有種他的辭職並非自願的感覺。

「果然還是高級老人之家令人安心。如果我家中樂透的話，應該也可以讓我媽進去了吧。」刑警自我解嘲地說。

安心……嗎？大友心想。的確，森林花園可說是處於安心的安全地帶，但是，要進去卻得花上億圓。就如刑警所說，一般人如果沒有中樂透賺大錢，根本不可能進得去。即使是大友，雖然父親可以入住，但他自己大概就沒辦法。

根據報導，森林的最新結算是赤字，旗下所有的照護事業應該不會全都像森林花園一樣穩定經營。

違反照護保險法的行為，會長奢華的私生活大特寫，還有，森林以不正當的手段獲取暴利，這樣的印象儘管全面漫布，但實際上，應該是即便使用違法方式，還是只能勉強支撐赤字經營。

今後，就算賣掉事業，出現赤字的部門，全部都會浮上檯面，以買收為可能的機會，應該會進行某種程度的合理化調整吧。

對企業來說，合理化是理所當然之事。凍結無獲利的部門，甚至廢除，然而另一方面，照護還包含了福祉，以沒有辦法賺錢為理由而終止事業的話，對使用者——特別是依靠照護為生的人——生存權就受到威脅。照護難民並非是不切實際、威嚇人的說法。

事態演變至今，詳細思考，照護企業這個詞蘊含的不穩定性，已經清楚顯露出來。並非純粹只是偶發的違法，而是整個國家累積下來的必然弊端。現今環繞著森林而起的種種騷動，與無家可歸的老婆婆為了進監獄而偷竊，應該都是同一現象的不同表現而已。

自己的家人處於安全地帶，卻一面擔憂這類事情，或許算是一種欺瞞吧。

「檢察官，就是這裡。」

刑警的語氣跟剛才比起來，稍微更堅定了些，將大友從思緒中喚回現實。

車子進入久濃市的市中心地區，這一帶被稱為X縣中的年輕人的街區。

以購物大樓為中心，錄影帶出租店、百圓商店、家庭餐廳、便利商店、衣服量販店，還有遍布全國各地的休閒連鎖店，四處林立。

這個時間幾乎不見人影，像是仍在沉睡般的靜謐。

目的地是繁華大街要轉入小巷前方的公寓。四月時發生的強盜殺人案已遭逮捕的古谷良德的共犯坂章之被目擊到躲藏此處。

為了逮捕坂章之而進行住宅搜查，大友與椎名也一道同行。在預計可順利逮捕人犯的住宅搜查行動中，檢察官參與的例子並非特殊。

在小巷這邊停著一輛縣警的中型押送車，除了搭載實際行動的警察，在逮捕坂章之之後，也就成為押送他的車輛。這是沒有裝警示燈的偽裝車，看起來就像一般廂型車。小巷的入口有兩人站在一邊窺視著，應該是為了預防坂章之逃走而配置的便衣人員。

刑警在押送車後方停好車後，透過無線對講機與其他人聯繫。

「馬上就要開始，請等一下。」執行的警官全朝公寓移動，基本上屬於「客人」的大友跟椎名，在坂章之被逮到之前，必須在這裡等候。

「在這樣的街區……」坐在後座的椎名不時探看窗外，一個人自言自語。雖然樹葉最好藏在森林中，但在車站附近，應該不是逃亡者藏匿身影的好地方。

「為什麼他要回到這種地方？」椎名揣測著。

坂章之一度逃往縣外，最近卻被目擊回到當地來，站在搜查的立場，是故意來讓人家逮捕吧？

刑警哼地一聲苦笑起來。「坂章之那傢伙，大概覺得自己已經逃脫了，雖然為了以防萬一而過著隱居的生活，但恐怕不認為還有人在追捕自己。」

警方並未透露古谷已經自白供出共犯的訊息，緊追著坂章之的行蹤；現階段媒體的報導中，古谷是單獨犯案。已經預定在下個月月初進行古谷的公審，預計如果過了那個時間，就會變成公開搜查。

「他應該認為古谷自己擔下所有罪行，所以才安心地回來。」

「就是這樣。我們認為坂章之躲藏的地方是以前飆車族時伙伴的房間，除了坂章之以外，還有幾名同伴出入其中，要說是藏身處，反而更像是聚會所。」

「難道他沒有想過古谷可能會供出自己嗎？」椎名懷疑地問。

「那種程度的流氓都很直率，輕而易舉地騙人、背叛人，儘管如此，卻不認為自己會被騙，也不會遭到背叛。但即使不是混混，人類啊，或許也都是憑著那樣武斷的想法與愚昧活著也說不定。」刑警老練地說出冷酷的人類觀察。

窗外透出一點陽光，今天梅雨大概暫時休兵。

「咦？」刑警發出些許驚訝的聲音，看著後視鏡。

一輛釷星從大街上漸次靠近，停在後方。並非關係車輛。

他邊想邊注視的時候，男人從釷星的駕駛座下車。跟車子一樣全白的頭髮，映射出直接照在臉上的陽光。那個人走到跟大友一行人座車並列的自動販賣機旁。

「啊，是要買菸啊。」刑警喃喃自語。

大概只是要在自動販賣機買菸而停在這裡。

大友從窗戶隨意看著那名男子，遠遠可見他買的菸的特別包裝。雖然只是一瞥，大友認得那個牌子——「Short peace」。

他父親也喜歡抽，家裡有好幾個那種深色小盒子。

「Short peace」是日本菸草公司生產的產品中尼古丁含量最高、沒有濾嘴的手捲菸，他父親卻說，「peace」是跟聖經有關的菸草，因此抽菸就是一種信仰。這個莫名其妙的理由就成了他抽菸的藉口。

「peace」的包裝上是一隻金色的鳥，而這隻鳥就是聖經上出現的鴿子。口中啣著橄欖葉回到方舟，替逃離大洪水的諾亞傳達陸地上的和平的那隻鴿子。

買香菸的白髮男人回到白色的車上。

現在還會抽像「peace」那樣濃的菸，也只有上了年紀的人。

那輛鈦星開走後，無線對講機立刻傳來警官緊張的聲音。

「確認！已經確認！」

「走吧！」

「是！」

刑警催促著，大友和椎名一起下車。

小巷勉強可以容納雙向來車交會，兩旁是高矮不齊的大樓與民房並排，跟重新開發的大街比較起來，相當不諧和。

來到公寓前，入口處有數名穿制服的警察加強防守。接著有便衣刑警帶著三名年輕人走出來。其中一頭金色短髮、體格強健的人就是坂章之。後面兩個應該是一起的朋友。他們沒有絲毫抵抗、頭低垂著，跟著前進。表情看不太出來，之後審問時應該會一再看見那張臉。

跟著刑警通過入口，進入公寓。牆壁重新上過漆而閃閃發亮，但建築物本身應該年代久遠。或許因為這個季節，走廊瀰漫一股霉味。

坂章之藏身的房間是公寓二樓的角落，裡面有四個戴口罩的搜查人員默默地扣押證物，玄關脫鞋的地方有個穿Polo衫的中年男性站在一旁顯得百無聊賴，應該是這幢公寓的房東或管理員。進行住宅搜索的場合，為了防止違法搜查，必須有居住者或等同於此資格的第三者在旁見證。那個男人一副因為他人請託而不得已的態度，一句話都沒說，只是悠閒地觀看搜查。就像尊稻草人般，站在搜查員一旁。

大友他們從他旁邊快速經過進去房間裡，為了避免打擾搜索而站在屋子的一角四下環顧。坂章之明天會押送到地檢所，為了可能出現的僵持場面，所以盡可能地了解房間的樣子、氣氛，仔細凝視各種東西。

房間格局是兩房加餐廳廚房，放置了床鋪的寢室與有張桌子的客廳，整間房子空氣凝滯，有種過度甜膩而髒亂的氣味。

客廳到處散落著漫畫雜誌、CD、DVD、遊戲機，看起來果真像是年輕人的聚會場所。

搜查人員將一束束郵件、筆記型電腦、手機等等物品收到扣押用的紙箱裡運出，讓縣警仔細調查是否有跟犯罪證據相關的資料。

在寢室裡，床被翻了過來，內側藏著黃色包裝的小瓶子，也被扣押。是種叫做「lush」、暫時未受管制的藥物，它被當作芳香劑來販賣，但實際上屬於非常類似興奮劑的精神性藥物。因為是長期不受藥物法管制的物品，成人商店等地都可見到光明正大地販賣。但因為去年開始納入法規的正常管道不再銷售，因此違法取得的可能性相當高。數量頗多，可推測並不只是個人使用，而是為了販售而保有的存貨。

「坂章之跟暴力分子有關聯嗎？」大友詢問刑警。

「關係似乎不怎麼深。最近年輕的混混大概都這樣，流氓的世界也漸漸高齡化了。年輕的傢伙就算加入，也很嚴厲，分不到好處。」刑警邊搔頭邊回答。「再加上就算不加入大型組織，只要有手機、電腦，就可以做很多勾當。像是販賣藥物、存款詐欺、黑市買賣等等。這些事只找年輕的同夥一起做，是現在的風潮。這類投機犯罪組織規模儘管小，但若要一一取締，也相當麻煩。時代的潮流……都是因為年紀的關係嗎？」

先前任職的千葉縣也聽過類似的說法，這恐怕是全國各地都有的傾向。

「那個……」椎名突然出聲。

「怎麼了？」

「啊，那個，應該是ＵＳＢ吧？」

椎名指著房間角落放在彩色盒子上的菸灰缸，大格網狀的鐵製菸灰缸被用來裝零碎小東西，有瓶蓋、吊環等等。

椎名從中捏起一個只有指頭大小的東西。「就是這個。」他一拉開，就露出銀色的接頭。是可以隨身攜帶資料的小型ＵＳＢ隨身碟。長度不到兩公分，卻可以儲存遠超過百科全書的資訊量。當然，這也是必須扣押的物品。

「喔，也有這麼小的？」看起來應該不太熟悉電子產品的刑警訝異地盯著瞧。

「我也有個一樣的，很方便。」椎名把隨身碟交給刑警。

「這種方便的東西，這些不良分子也在用，真是傷腦筋啊。」

刑警用手指捏著極小的隨身碟，臉上浮現苦笑，剛剛才說過的台詞又再說了一次。

「時代的潮流……都是因為年紀的關係嗎？」

「他」

二〇〇七年六月二十七日

同一天上午七點二十八分。「他」在便利商店買了麵包當早餐，吃完後打開菸草。

深色的包裝上有隻金色的鳥，是「Short peace」。鳥喙啣著像樹枝一樣的東西，這或許有什麼緣由，不過「他」並不清楚。

現在可能大家都傾向不抽太濃的菸，最近便利商店跟自動販賣機已經不太容易看到這個牌子，這一帶也只有久濃市中心的自動販賣機有在賣。今天早上還特地跑一趟去那裡買。

不過，「他」並不抽菸，沒有濾嘴、尼古丁含量高，對「他」來說剛好合用，並非一定要「peace」這牌不可。只是因為持續使用，而十分上手。不過也多少有點祈求順利進行的意味。

「他」在桌子上陳列了幾樣簡單的實驗用具，看起來就像小學的理化課。燒杯、酒精燈、三腳架，以及兩支針筒。一般商店不容易買到針筒，不過可在網路上購買，或者路邊的ＤＩＹ商店也可買到。

「他」把水倒入燒杯裡，熟練地將「peace」一根一根剝開捲紙，讓裡頭的菸葉沉入水裡。等到一盒十根的菸葉都浸入水中，「他」點燃酒精燈，將燒杯移置其上。水在酒精燈的加熱下，在燒杯中產生對流，於是菸葉就開始跳起舞來。菸葉一邊跳舞，一邊吐出它所蘊含的成分，漸漸將沸騰的水染成赤褐色。

等到溶液顏色變深、變成詭異的邪惡色彩，就熄掉火，將燒杯蓋上蓋子，在常溫下冷卻。稍微等待片刻，等到燒杯不會燙手之後，就用濾網過濾出菸葉殘渣，放到另外的燒杯中。尼古丁溶液就完成了。

雖然其中可能混雜大量雜質，正確的濃度不明，缺乏嚴密性。不過，主要是溶出足以致死的尼古丁濃度即可。

「他」用針筒抽取五十CC的溶液，然後蓋上針筒蓋。為了避免不時之需，「他」準備了第二支。然後將兩支針筒收入盒子裡，再放到黑色的尼龍小包中。

接著「他」到房間一隅的架上抽出筆記本以及一個小餅乾罐。那本筆記是他到目前為止「調查」與「處理」的紀錄。今天晚上，有新的「待處理」案件。

候補者有兩名，一是住在八賀朝日社區，名為緒方和的老婆婆，一是八賀市北邊丘陵地——雲雀丘——的獨居老人梅田久治。兩個人算是臥病在床，白天通常會有家人來照料他們，但若在夜裡潛入的話，確實只有他們獨自在家，處理起來比較容易。因為一個人獨居大門通常會上鎖，所以這兩家的鑰匙「他」都準備好了。

「他」打開餅乾罐，裡面有好幾把鑰匙。「他」稍微想了一下便拿起其中一把。就決定今晚來處理調查時間比較長的緒方和吧。梅田久治是下一個。

「他」把鑰匙一道放進小包，把筆記本與餅乾罐放回原處。

準備妥當。接下來就等晚上。不過在那之前，還是有事情得做。

確認時針，現在已經著實超過八點。

如果不趕快出門的話，上班就會遲到。

斯波宗典

二〇〇七年六月二十七日

同一天，早上八點五十二分，斯波宗典抵達八賀照護中心的事務所時，已經有數名職員與照顧服務員在裡頭，大家一邊喝茶一邊聊天。

「早安啊！」

「早啊！跟你說跟你說，斯波先生你知道嗎？『Mutumi』跟『優優』，你覺得是哪一邊？」

一打完招呼馬上有人提出這件事。

「欸，並不是很清楚。」斯波的肩膀稍稍聳立。

「Mutumi教育」與「優優」是媒體上報導可能買下森林的企業，斯波是基層員工，自然不會被告知詳細情況。

總之，從厚生勞動省的處罰公布之後已經三週過去了，但八賀照護中心今天還是跟以前一樣繼續營業。

這裡的使用者人數超過兩百五十人，是市內最大的到府服務照護事業所，所以不難想像一旦停止營業會引發多大的混亂。市衛生部也要求希望能「繼續營業，盡責服務」。

全國的事業所恐怕都有相同的狀況。儘管母公司被要求停止照護事業，個別的事業所卻被要求持續提供照護，算是相當奇特的扭曲狀態。

「早啊，各位。」背後響起低沉的聲音。一回頭看，原來是中心所長團啟司來了。兼職同事又提出剛才詢問斯波的問題。

「嗯，我也不清楚啊！」團先生似乎支吾其詞。

斯波打好卡，確認出勤表，今天也是負責開車跟擔任操作員，到欲使用到府沐浴服務者的家裡去巡迴。然後打開牆上保管鑰匙的鑰匙櫃。

櫃子裡有數把使用者託為保管的鑰匙。臥病在床或者有癡呆症的人，不少人無法自行鎖好門。這些使用者一個人獨居，或是家人不在的時候，這些情況下都會先將鑰匙託負事務所。因為進出人員較為複雜，因此鑰匙櫃都附有按鍵式鎖，號碼只有員工知道。

咦？

斯波取出今天要訪問的幾家鑰匙時，突然覺得不太對勁。他仔細看著手中的鑰匙。

今天第三位使用者梅田久治家的鑰匙，看起來似乎跟平常不太一樣。

咦，究竟是哪裡不一樣？

不過斯波被一陣怒吼打斷思緒。

「真的是把可憐的人當作食物了！這些竊國賊！」

與怒吼聲同時傳來的還有「鏘」一聲，相當尖銳。

回頭的瞬間，斯波臉上感受到從外頭流入的潮濕空氣。

「啊！」

「哇！」

站在窗邊的人提高聲音，身體往後縮。

窗戶破了個大洞，碎玻璃四濺。窗戶外頭，穿著芥末色防寒夾克的男子拔腿逃跑。

「欸，發生什麼事？」

「石頭？」

「沒受傷吧？」

「嗯。」

斯波走近窗邊。

「實在嚇了一跳。」

還好看起來沒人受傷。

地面有個大小如軟式網球，用紙包著的石頭。

「是丟這東西嗎？」斯波撿起那顆石頭。

展開紙後，露出狂亂的字體寫下的「天譴」。

應該是不了解照護業界實際狀況的人，光聽媒體片面報導而義憤填膺，就來丟石頭。極其膚淺的正義之聲。

兼職的照顧服務員之一從後方窺視，怒火攻心。

「這又是什麼！我做了什麼事嗎？開什麼玩笑！」

被薄薄的一張紙割傷的傷口，非常疼痛。

她眼淚汪汪。

她的不甘心，是在場的每一個人共同的感受。

六月六日公布處分之後，這裡也接到訴苦或嫌惡的電話與詢問，但是，大部分的職員並未受到什麼責難，因為儘管他們的薪水少，大家還是秉持善意提供服務。

「為什麼我們要受到這種對待？我已經無法繼續做下去了。」

照顧服務員彷彿燃起怒火，痛聲斥責。才不過幾分鐘前，大家嬉鬧聊天的情景就像夢一般。

在場多位女性都同聲抗議。

真是糟糕……斯波冷靜地想著。

丟進來的是無聊的石頭，但連日來大家忍耐的鬱悶瞬間引爆，感覺十分沉重。或許這次會引發退職潮，若真如此的話，中心的業務也會崩潰。

「非常抱歉。」響亮而低沉的聲音說道。

大家一起回頭，只見一顆滿是白髮的頭低垂，原來是團。

團抬起頭看著大家，冷靜地繼續說：「各位的辛苦與不甘，我都明白，我也跟大家一樣有相同的心情。不管母公司做了什麼，我們並未暗地做出違法行為，不應該被罵成竊國之賊。但是如果各位就此放棄工作，會感到困擾的人，不是丟石頭的人，而是那些使用者，許多年紀大的人，還有他們的家人都會頓失所依。我們的工作對這個社會來說，絕對是必要的。我們有我們該做的事。批評的聲浪總會過去。無論如何，現在還請各位多多忍耐。實在非常抱歉。」團再次深深鞠躬。

「團先生……」

「請抬起頭來吧，這並不是團先生的錯啊。」

「就是說啊，雖然現在滿肚子火，但不會就提辭職。」

「對、對，越是這種時候，就得更加努力才行！」

大家七嘴八舌地說著。團的話讓每個人冷靜了下來。

事務所一陣騷動之後，終於安靜下來。大家合力收拾四散的玻璃碎片，暫時用紙箱修補破掉的窗戶。團決定現下先不通報警察，只將受害狀況先拍照存證，如果，以後還有類似的挑釁行為，就將這些交給警察。

團是屬於穩定協調型的領導人，但非得放棄時也不會有所猶豫。他作為一位照護者，會很積極地參與現場工作，在職員與兼職人員當中非常受敬重。

——我們有我們該做的事。

團的這一番話，充分表現出斯波心中所想的使命感，其他職員與兼職的人也都是特地取得資格而參與照護工作，應當也會深有同感。

斯波並未有在八賀中心以外的職場經驗，但心裡不禁覺得有像團一樣的領導人，應該是十分幸運的事。

「好，我們重新振作起來，今天也一起努力好好做吧！」團開朗地鼓勵每個人，大家準備好陸續離開事務所。

斯波也繼續中斷的工作，再次盯著從鑰匙櫃取出的鑰匙，只是非常普通的山形鋸齒狀刻痕。

啊，原來如此。剛才覺得不太對勁的地方已經知道是什麼原因了。

鑰匙上頭刻著的製造者名字不一樣。

刻在鑰匙上的文字一般說來並不會特別注意，即使不一樣應該也很難發現。但是斯波卻很清楚，他過世的父親經營五金行，也幫人做備用鑰匙，斯波從小就看著長大。

鑰匙上方會刻有製作人的名字，而鑰匙的製作人有一開始打造的人，也有備用鑰匙的製作人。所以只要看鑰匙上的刻印，就可以知道這把鑰匙是原始的還是備用的。

上一次使用時，梅田久治家的鑰匙應該是原始的刻印，而現在斯波手上的變成是備用鑰匙。怎麼會出現這種狀況？

斯波覺得可能性只有一個。

這裡的某個職員自行取走鑰匙製作備份，然後替換了原來的鑰匙。

佐久間功一郎

二〇〇七年六月二十七日

同一日，晚上十一點五十分，澀谷圓山區的愛情賓館。

「我啊，一直到最近都還在老家做照護之類的工作，照顧服務員。」

當他們一起在玻璃浴室內洗澡的時候，高級俱樂部的小姐如此說道。

「到府沐浴服務，就是去那些老爺爺、老婆婆家，幫他們洗澡。那些男人年紀一大把，都是好色老頭，還對我性騷擾，一邊摸我的身體還一邊說些低俗的話，實在讓人討厭，我乾脆辭掉了。」

她邊說還邊擺弄身體，佐久間不禁露出苦笑。

「那你為什麼要做這行？」

「嗯，照護時候的性騷擾，跟自己想要做愛完全不一樣好不好！而且賺到的錢也不一樣。對了，這一行有不少本來在做照護的人喔。」

她的手輕輕握住佐久間的性器，慢慢地摩擦著，她的手勢總有些生澀，應該真的是剛做沒多久。

「這樣啊，妳在哪裡工作？」

「你知道八賀嗎？X縣的。那裡明明住很多人，卻一點活力也沒有。辭去照護的工作是沒關係，但找不到其他像樣的工作，所以我就來東京了。」

她到東京之後，被模特兒公司發掘，所以工作就變成了模特兒，好像有在電視連續劇裡當臨時演員。佐久間參加的高級俱樂部有跟這種自稱為模特兒公司的單位合作，他們保證小姐的品質。

老家沒有像樣的工作，那主要是色情仲介的模特兒公司就比較像樣了嗎？佐久間腦中閃過這個諷刺的想法，不過真正想問的是其他訊息。

「不是問你地方，是你待的那家照護公司，為什麼在那裡做照顧服務員？」

「啊，其實是在森林啦。我辭了以後，就變成那樣，實在是……」

X縣、森林。這個奇妙的偶然讓佐久間不覺笑了出來。

就在不久前，販售出去的資料中，應該也有騷擾這名女子的老人。因果關係竟在意想不到的點連接起來。

「有什麼奇怪的？」那女子傾著頭問。

「沒什麼。」

他們洗完澡後第二次交合。當然，都服用了藥。因為是買通宵，不必在意時間。

原本當照顧服務員的女子本性應該非常認真，她會細聽佐久間說話，仔細地為他服務。她應該也是初次用藥，雖然看起來有點恐懼，但聽到佐久間要她吃，她也就吃了下去，完全順從佐久間的要求。

「我這週日要跟事務所其他女生一起去當義工。」女人說。
第二次性行為結束，兩個人汗水淋漓的身體仍在床上交纏。
「義工？」
「嗯。雖然我沒有繼續照護工作，不過還是希望能幫助別人。所以，就去當義工。在兒童醫院陪小孩玩遊戲，或者讀繪本給他們聽。這真的讓人非常快樂。醫院的人員說，現在，在日本跟幫助老年人的工作比起來，幫助孩童的一直都相對少很多。」
「這樣啊。」佐久間不覺喜歡起這個女人來。他捧著她的臉，舌頭伸入她口中交纏，舌前端傳來柔軟的快感，像一尾魚梭游全身。
腦中殘留藥物的作用而繼續高速運轉，明天的事情、後天的事情、一年後的事情、十年後的事情。浮現的影像盡是自己意氣風發、勝利在握的未來。
佐久間心想，下次也要指名這個女孩。
隔天早上女子離開後，佐久間到數家銀行的自動提款機取出總數約兩百萬的現金。去年，這一帶的金融機構開始限制從自動提款機取款的額度，如果遇上突然有急用的時候就相當麻煩。據說這是防止存款詐欺的措施，不過，佐久間十分清楚，這項措施根本發揮不了什麼作用。
佐久間拿著兩百萬的鈔票，往道玄坡的郵局走去。他要去捐款。

「真的非常謝謝你，今天絕對是最棒的一晚。」分開時，女孩親吻他的兩頰，如此對他說。

他詢問窗口之後，選了兩個會舉辦活動援助孩童的團體，將錢平均捐給他們。

從早上開始看起來就像快要下雨的天空，卻讓他的心情像晴天一樣愉悅。

這不是偽善，這才是真正的善。

我盡自己的力量、毫無保留的努力賺錢，然後就像這樣，為了這個世界，為了他人而使用這些錢。將老人懷拽著而腐壞的錢，交給真正需要的人。比起標榜著正義的偽善者，這樣才更為正確。

讓自己的父親住在屬於安全地帶的高級老人之家，另一方面端出義正嚴辭的道理，比起那種傢伙，我更優秀。

不過，還沒完，還不只是這樣。我要更往上。為了這個目的，首先要獨立。最近已經將阿健的人脈全盤奪取過來，我要自己一個人做更大的生意。

方法有很多。瞄準老人的負面情感，然後榨取他們的錢。例如投資詐騙。儲存大量金錢，對於將來感到不安的癡呆老人，向他們推薦賺錢的機會。能夠得到的利益，絕對是存款詐欺無法比擬的。

已經開始準備了。讓存款詐欺的職員轉向自己的手下，遲早他們會離開阿健然後來到這裡。直接接觸販賣藥馬的人的管道也已經有了。

順利進行。更往上爬。我會一直獲勝。

佐久間走下道玄坡，朝車站走去。馬路與人行道的交接處，揉成團的紙屑隨風滾動，從高處落向低地。

那天傍晚，阿健打了通電話來。

佐久間到千住的支店露一下面之後，就到向島的大廈住處休息。房間一角有座魚缸，裡頭游著的魚身上是鮮豔的黃綠條紋，似乎有毒。心血來潮時買的熱帶魚，但已經忘了是什麼名字。

他的腦子清明異常，但身體卻特別疲憊，最近用藥做愛之後隔天都會出現這種狀態。不過雖然疲憊心情卻很舒暢。

「佐久間，你啊，準備背叛我嗎？」蘊含怒氣的低沉聲音從手機傳來。

大概獨立的計畫被察覺了。這還真是糟糕。

「等、等一下，你在說什麼？」

「別裝蒜，底下的人說，你找他們過去你的新生意啊。我沒說錯吧？」

「不，這是誤會，雖然說是新的生意，也一樣是附帶的生意，就跟先前販賣資料那樣。如果開始做的話，會清楚跟你報告，獲利也會有你的份。」

佐久間急忙編造合理說法好瞞過阿健。

「你說得很好聽嘛。話說，你最近根本不把我看在眼裡吧？越做越好所以有些得意忘形了？」

「停停停！已經跟你說那是誤會，我一點也沒有忽視你！」

佐久間說謊。雖然打算要斷開跟阿健的聯繫，但現在還不到那個時候。

「的確，工作越來越順利，也越來越有信心，不過全都是因為有你啊！我心裡非常感謝你呢，所以說，銷售利潤給你更多趴數也沒問題。」

「……」

如果提供實際利益的話，應該可以說服阿健點頭。

「就說我是一定不會背叛你的。對了，今晚一起吃個飯吧，請你去吃壽司！」

阿健哼了一聲，大致表示接受。

總算是混過了這一關。不過，彼此的關係肯定出現罅隙。反正跟阿健之間本來就不是以信任為基礎。不管怎樣，從阿健的腳邊獨立，還是要準備好具體的運作方式。

或許是完全疏於照顧，魚缸裡色彩斑斕的魚像溺水般無力地游著。

我明明非常清楚……

比起得失，感情更容易促動一個人。特別是不安與羞恥，是最強而有力的因素。明明就很清楚這一點，卻被阿健羞辱，因為他而產生不必要的不安。

佐久間覺得這是自己的失敗。

第四章　長傳

二〇〇七年七月

大友秀樹

二〇〇七年七月十六日

上午九點五十五分，大友秀樹打開辦公室的冷氣，出風口送出陣陣涼風，讓蒸籠般的房間溫度慢慢下降。

「今天真是盛夏呀。」事務官椎名看著百葉窗縫隙透入的光線，一邊說道。

昨天，夾帶豪雨的四號颱風剛離去，外面天空立刻成一片夏日蔚藍。

今天恰好是七月的第三個星期一，傳統的節日——大海節。應該是非常適合全家一起玩樂的日子。

但是，刑事案件當然不會因為週末或節日就暫時休兵，檢察廳可是全年無休，即使過年期間也一樣。檢察官無法依照行事曆見紅就放假。

「如果有公休的話，那就可以到海邊去了。」

「如果是遊戲的話，不管什麼時候都可以去海邊。」過著徹底阿宅生活的椎名回道。

大友雖然一邊苦笑，一邊卻也想著，如果孩子再大一些，跟他一起玩玩電動遊戲似乎也不錯。不過，問題是有沒有可能擠出那個時間來。

大友回到座位上，確認法院傳來的逮捕令。

今天下午，預定要「第二次逮捕」上個月月底進行住宅搜索時逮到的坂章之。

依照刑事訴訟法，對於一項嫌疑只能逮捕一次，最長只能拘禁二十天，但是，像強盜殺人這類重大罪行，雖然已經起訴，但證據蒐集的時間有可能不夠，在這種狀況下，一開始會以較輕但確切的罪名先行逮捕、拘禁，之後再以真正的罪名進行「第二次逮捕」。如此一來，拘禁時間最多可延長到四十天。如果嫌疑人否認犯罪，或者屬於複雜的經濟犯罪，就可有三次以上的逮捕，同時延長拘禁時間。

坂章之的狀況就是先以竊盜嫌疑逮捕而拘禁，現在再以強盜殺人嫌疑第二次逮捕。

坂章之不像共犯古谷那樣輕易坦承，不過，證據搜查有進展，他也大致已經承認殺害古谷的舅公關根昌夫並奪取金錢。今天開始算起二十天後起訴時，應該可以解決。

桌子上的行動電話突然震動。看到來電號碼，大友猜應該是父親，因為開頭是代表東京的03。

「您好，我是大友。」

「我是宮崎……你還記得我嗎？」

很久沒有聽到的聲音。

「是，當然記得。在神奈川的時候，承蒙您的照顧。」

打電話來的人職業是警察。大友剛上任，被派到橫濱地檢署時，對方是神奈川縣警搜查二課的課長。職業警察官，大友同校，大九屆的學長。

檢察官與警察之間，存在一股緊張感，並不純粹是互相協力的關係。不過，宮崎倒是不會讓人緊張的警察，或許也有同校前後期的情誼，對新任的大友多少有些關照。每年也都會互寄賀年卡。現在他應該在警視廳組織犯罪對策部擔任課長。

「有件事，我想應該通知你一下。」宮崎的聲音聽起來有些微壓力。

「是。」

「你認識佐久間功一郎？」

「佐久間嗎？」沒預期會聽到這個名字，大友不覺回問。

「對，佐久間功一郎。現在媒體正熱的森林的員工。精確來說，應該是前員工。」

「對，我們同學年。」

「好像是。也就是說，算是我的學弟了……他死了哦。前天晚上，墜樓死亡。不對，是被推落，被殺了。」

「……！」大友完全無法吐出一個字。

佐久間死了？被殺害？

「現場在荒川區南千住的大樓。嫌犯是犬飼利男，三十三歲，身分已經確認。從東京北部到埼玉南部一帶，作惡多端的集團頭頭。最近，逐漸增加的非暴力集團式的年輕犯罪集團，看起來像流氓、惡棍的一夥人。你那邊也有吧？」

「嗯。」

「佐久間離開森林之後，就和犬飼合作，利用從森林帶走的客戶資料，從事存款詐欺。而自己不會用到的資料，好像就賣給別人。為了賺錢，完全不擇手段。不過，好像跟犬飼之間起了爭執，才發生這樣的事。不慎踏入黑道，被徹底生吞活剝了！」

「原來如此……」大友苦澀地回應，腦中一團混亂。

帶走資料？存款詐欺？聽到非暴力集團式的年輕犯罪集團，大友想到先前住宅搜索時的大樓。佐久間也參與那種集團嗎？

「佐久間的遺物中有張你的名片，你跟他有往來？」

宮崎話裡的壓力稍稍增強。說法是「通知你一下」，實際上應該是為了確認這一點才打電話來。

大友盡可能地鎮定下來，試圖冷靜回答。

「是，我父親現在需要接受照護，去年十一月，透過佐久間與老人之家聯繫。之後我們一起吃飯，那時交換了名片。」

「家人的照護啊，這也是讓我相當頭痛的問題。」警察官與檢察官一樣，都是頻繁調動、非常忙碌的工作，家庭問題常常成為一大苦處。

「那個時候，佐久間有什麼異狀嗎？」

「沒什麼特別……那時大多只聊些照護事業的內幕，只是……」

「只是？」

「該說是他顯露出自己的缺點……多少有點危險的感覺。四月我撥了電話找他，那時談到照護事業的不法行為他的反應，讓我有些在意。」

大友邊說邊想起那時的情況。在電話中，佐久間的說法，聽起來的確像犯罪者說話的方式。不過，他當然不認為佐久間真的犯了什麼罪。

「這樣啊……實際上，佐久間長期使用興奮劑，會跟犬飼搭上線看來也是因為買興奮劑的原因。去年十一月，他已經對興奮劑上癮的可能性相當高。你感受到的『危險』，有沒有可能是因為這個理由？」

興奮劑？

他曾審問過興奮劑上癮者，所以明白會有哪些症狀。但那也因為事先知道對方有在用藥而特別觀察，但跟朋友說話的時候，並不會注意這方面。那時根本絲毫未曾起疑。

「藥物上癮的症狀……很抱歉，那時根本沒有注意到這點。」

「嗯，除了非常明顯的戒斷症狀出現之外，其他時候也很難一眼看出。佐久間從森林離職後你都沒再跟他聯絡？」

「是，森林的狀況演變成那樣，我試著打了好幾次電話，卻怎樣都聯絡不到。」

「真的嗎？」

雖然反覆詢問，但應該沒有懷疑之意。

「是。」大友簡潔回答。

「了解。總之，想說應該讓你知道一下佐久間的事。今天公休嗎？」

「沒有，在地檢署。」

「是哦，真是辛苦啊。」

之後彼此三言兩語就掛斷電話。

大友再次想起去年一起吃飯時佐久間的樣子。

他情緒高昂喋喋不休，如果說是興奮劑使用者的話，看起來的確有幾分像。不過，他本來就屬於開朗而多話的人，語氣跟說話時手的動作跟高中時期並沒有太大差別。

那時，佐久間說，森林的事業一直在成長，工作順利，未來大有可為。但是，僅僅數個月後，佐久間背叛森林，帶走資料，從事詐騙。不管他到底賺了多少錢，最後還墜樓而亡。

這不就像猶大一樣嗎？因為三十枚銀幣而背叛救世主的加略人。

聖經上記載兩則猶大的末路。〈馬太福音〉裡是上吊自殺，〈使徒言行錄〉中是墜落地面，內臟四散而死。就跟佐久間一樣。

不過他並不清楚佐久間的死狀，將被他背叛的森林比喻為救世主也不一定妥當。

「你還好嗎？」

大友抬頭看向說話的椎名，發現桌上有杯倒了水的杯子。椎名看起來像是遠離塵世的活著，卻也有意外敏銳的地方。

「謝謝。東京的朋友好像被捲入了某個案件。」大友簡單回答，一口喝光那杯水。

仔細一想，認識的人成為刑事案件的當事人，或許還是頭一遭。

十四年。從佐久間手上接下那次最棒的傳球那天到現在，已經十四年。

那時，只有幾公尺的距離，現在已經徹底隔絕開來了。

生者與死者，檢察官與罪犯。

大友在審問、制裁犯人的時候，同一片天空下的佐久間，正在犯案。服用違法的藥物、販賣個人資料、詐騙他人錢財。彷彿因自己的罪孽而得到報應，遭人殺害。

為什麼？

湧上來的是沒有答案的問題。

大友明白，佐久間本性善良。

雖然以前有過故意使壞的紀錄，但他絕對不是壞到骨子裡的人。十四年前的夏天，阻止逃票的時候，他支持我。許多犯罪者都是如此，佐久間一定有某些理由，遇到某些狀況，動搖了他的善性，使他犯了罪。

為什麼？

喂，阿佐，為什麼你要走上這條路？沒有其他的選擇了嗎？

不是以檢察官的立場，而是以故友的立場，想要問問你，但永遠都沒有機會了。

猶大的背叛，在神學領域中有種種爭論，為什麼他要出賣救世主？背叛也蘊含在主的意志中嗎？他得到拯救，或者受到懲罰？

但是沒有人知道真相，全都是故事。只能根據聖經上的記載來解釋。

佐久間的事情也只有這樣解釋了。

身體好像有些搖晃。桌上的筆也震動著，好像滑來滑去。房間裡的櫥櫃、檔案櫃也傳出格格晃動的聲音。

這陣搖晃就像耳朵深處的痛楚，不是幻覺。地面也震動著。

「啊，地震？哇！相當搖欸。」椎名慢了一拍，轉頭看看四周。

那天早上十點十三分的大地震，震央在新潟縣中越地方海面數公里處。之後，就以新潟縣中越沖地震命名。芮氏震度六點八。這是三年前發生的中越地震之後震度超過六的大地震。

離震源不遠的X縣，也能清楚感受到搖晃，縣廳所在地的X市震度有三級。

斯波宗典

二〇〇七年七月十七日

隔天晚上九點十八分，結束早班工作的斯波宗典從八賀中心的停車場開走公務車。往跟自己家的相反方向駛去。

途中經過便利商店時，買了三個飯糰與烏龍茶當作消夜。便利商店門口賣的晚報上，黃色的大標題寫著「中越沖地震　輻射能危機」，昨天上午，受到新潟大地震直接衝擊的柏崎刈羽核能發電場發生小火災，微量的輻射能洩漏出來，就被評為輻射能危險，而在此之前，版面那個位置，都有森林的名字。

斯波走出便利商店，然後往八賀市北部的丘陵地雲雀丘走去。一般地方都市通常就像這樣，從住宅區開車約二十分鐘車程的距離，就會出現鄉村景色。民家與路燈越來越少，車輛與行人也益發稀少，而顯得寂靜。馬路的整理也更顯隨意，因此車子行走其上時會喀啦喀啦搖晃不已。

穿越一片雜木林後繼續行駛鄉間小路，沒多久就看見一間間小小的平房。斯波將車子停在那區斜對面的空地上。雖說是空地，但充其量只算是雜木林中的空隙，這附近沒有路燈，在這種時間，若非特別注意的話，從外邊應該是不會發現這裡停著一輛車。

斯波關掉引擎與車內小燈，在黑暗中窺探斜對面的民宅。

那裡是臥病在床的梅田久治獨居的地方。事務所中有人複製了他家的鑰匙。如果一直在這裡等候的話，或許有可能會等到那個人現身。

斯波想，將備份鑰匙取代了事務所原先保管的鑰匙，應該是犯人（擅自複製他人的鑰匙應該算是犯罪吧）的失誤。

因為如果是故意替換，也不會因此而得到什麼好處。恐怕犯人是不知道原始鑰匙與備份鑰匙鎖頭上的刻印會改變，因而忽略了這個細節，無意間拿錯了鑰匙。而犯人應該也還不知道斯波發現了備份鑰匙這件事。

犯人是不是只複製一家的鑰匙並不確定，只是偶然將梅田家的備份鑰匙跟原始鑰匙搞錯了，而事務所保管的其他鑰匙說不定也被複製了。

犯人複製鑰匙的目的十分清楚。鑰匙是開門的工具，所以，絕對是想潛入他家。斯波想要知道犯人是誰，也想知道潛入人家家裡會做出什麼事來。

一開始斯波有想過跟其他職員討論，卻無法排除也許那名職員就是犯人的可能性，因為能打開事務所鑰匙櫃的只有八賀中心的工作人員。

因此這些天來，值早班時，下班後不回家，而是直接開車到這裡，一邊讓身體休息，等到四點左右天微微亮時，就像業餘偵探一樣窺探那間房子。這應該就是所謂的「監視」吧。

斯波自己也知道，現在做的事實在很傻。

即使犯人使用備份鑰匙潛入，也不一定就會選在自己監視著的時候。或許他選其他時候的可能性還更高。而且，睡眠時間也因此大幅縮減，即使從某方面來說不需要太長睡眠時間的斯波，本身就從事耗費體力的工作，一直持續盯梢，身體也不堪負荷。

但儘管如此，斯波還是很想弄清楚犯人到底是誰。

斯波的同事，也就是八賀中心的職員，以所長團為首，聚集了所謂的優秀人才，他們十分清楚理解照護工作嚴峻的現實狀況，不僅只是輕鬆的工作或者理想性就能支撐，但仍抱持使命感支援現場工作。悄悄地複製使用者家的鑰匙而後潛入，實在很難想到有誰會做這種事。當然，斯波並不完全認識同事內心真正的樣子。所謂人類，應該有很多面，也會產生一時的衝動或惡念。而且也可能有些特殊的原因。

當然也可以算是好奇心，斯波想要知道是誰，又為了什麼理由。

決定性因素就是在梅田久治住處斜對面的雜木林中，恰好有理想的空地，可以把車停在那裡而不被發現，窺看屋子。

斯波這個月暗暗在心中設定好範圍，然後開始監視。如果這個月盡可能的監視，但仍然沒看到犯人的話，就打算跟所有職員中他最信任的所長團說，有人複製鑰匙。

斯波從放在副駕駛座上的便利商店塑膠袋中取出飯糰，眼睛習慣黑暗之後，吃東西就不是問題，不過沒法讀包裝上的文字，因此不知道拿到的是什麼。他買了照燒牛肉與紀州梅兩種口味，所以一定是其中一種。他剝開包裝咬了一口，甜而帶有辛辣的燒肉味道擴散在嘴裡。是照燒牛肉。

在全然的黑暗中悠閒地監視，不知為何，也帶來某種樂趣。

伸出手要拿第二個飯糰時，指尖碰觸到塑膠袋袋底有個東西。小小的四方形紙袋。斯波馬上就想到那是什麼東西，淨身用的鹽。

上個月，八賀朝日住宅區一個人獨居的使用者緒方和去世了，平常都由團出席守靈夜，但那天因為剛好有事，而由斯波代表出席。應該是那時拿到的淨身鹽掉到這裡了。

那位緒方和老太太，跟住在眼前這間小屋裡的梅田久治有許多共同點，年紀都超過八十歲，兩人都臥病在床行動不便，生活中大半時間都需要照護，卻自己一個人獨居，此外，也都由住在附近的家人提供照料，但與家人之間的關係並不太好。

斯波自己也是過來人，所以很清楚，負擔照護的家庭，很容易陷入「相互依賴」的關係。不論是照護者或受照護的人，雙方都會逐漸感到沉重，但也無法捨棄或是撒手不管，彼此都覺痛苦。

緒方和跟梅田久治都曾經對照顧服務員說過他們很想死掉。對緒方和來說，她的願望可說是實現了嗎？

車子外面的雜木林傳來微弱的聲音，那是風撫過樹梢。

斯波再次拿起第二個飯糰，這次是紀州梅。酸味的刺激，嘴裡不斷湧出唾液。

今夜，犯人是否會出現？

「他」

二〇〇七年七月十九日

兩天後，晚上十一點三十四分，深夜的新聞節目正在報導三天前發生的大地震相關話題。

電視畫面上白色建築物冒出濃濃的煙，是地震當天柏崎刈羽的核能發電廠的影像。因為地震影響而引發火災。此外，核能發電用完的核燃料的冷卻池的水滿溢出來，因而洩漏了含有微量輻射的水。

作為來賓的專家一再強調核能發電的安全性，紛紛提出各種說法，包括：洩漏出來的放射能非常少量，並不會影響附近居民的健康；發生火災的是室外變壓器，對安全並未造成影響；運作中的核子發電爐有充分的時間自動停止運轉，解除崩壞熱。

「他」一邊看著電視，一邊將筆記本打開放在桌上，其中記錄了截至目前為止的調查與處理的種種細節。

上一回，六月二十七日晚上，八賀朝日住宅區的緒方和的處置，是第四十二件。向來都以一個月一人的步調進行處理，也就是殺人。

應該已經是一等一的殺人魔了吧？

「他」嘴角浮現微笑，只是他自己也分不清是因為優越感還是帶有自嘲的成分。

接下來預定要處理的是上回暫緩的雲雀丘獨居老人梅田久治。不過絕對不能焦急。要確實進行處理，萬全的準備是必要的。不焦急，仔細地進行。

這個國家治安號稱世界第一，能以自己的雙手奪取四十二條人命，卻沒讓任何人察覺，祕訣就在於此。

如果有所疑慮，那就要謹慎地觀察狀況，然後，為了有餘裕應付突發事件，必須保留足夠的時間。原則上，白天的處置就選在休假日，夜晚的處理則在休假日的前一天。

殺人這件事，說到底也就變成一項工作而已。逐次重複犯行，程序與方法就會越加洗練，同時，奪取他人性命的罪惡感也會逐漸減輕，而每次順利完成之後，成就感也會益發高漲。

在戰場上殺人的士兵會在心中留下傷痕而引發創傷壓力症候群，但實際上這只是其中一小部分人的問題，對大多數人來說，在戰場上殺人之後並不會留下創傷，一回到日常生活中，就像無事人般，跟家人有說有笑。

「他」覺得自己對此非常能理解。人對於「殺人」這種事是可以切割開來的。特別是並非出於怨恨或怒氣，就可以將殺伐當作是工作目標採取的程序之一，而將其與自身劃分開來。

因為「他」自己就親身經歷，因此對此一事實知之甚詳。「他」從未夢見被自己殺死的人，也不會困陷於被死者糾纏那樣的妄想中。基本上，還過著一般的生活，在空閒時一邊調查，一邊處理。

「他」將此當作工作而持續殺人，不是因為懷恨在心，也不是因為怒火攻心，而是無色透明的殺意。

不過，事實上，一開始並沒有想到能持續這麼長一段時間。

儘管想要做到完全犯罪，但並不是絲毫沒有風險。

「沒有危險。」電視節目中的專家如此斷言。

「日本的核能發電廠建造相當安全，即使碰到這次地震，搖晃程度比判定的震度還要大，也未達為了安全而需停止運作的程度。不如這樣思考：這次地震證明了核能發電的安全性。日本的核能發電，絕對不可能引發像爐心熔毀那樣的重大事故。」

「他」暗自思考，真的是那樣嗎？

在這個世界上，能夠保證「絕對」的事情，才是絕對不存在吧？會如此斷定的人，本身必然欠缺足夠的省思與認識。某一天，必定會遭受嚴重的反撲，嘗到苦果。

必須要有徹底的覺悟才行，「他」喃喃自語著。

必定有風險，沒有絕對。某天，一定會露出破綻來，一定會被世人發現。

為了必將到來的這一天，非得徹底覺悟才行。

大友秀樹

二〇〇七年七月二十日

隔天上午十一點四十分。大友停止翻閱縣警送來的調查報告。

前幾天，也就是發生地震那天，這是一份針對按照預定「再逮捕」的坂章之的最新審問紀錄。殺害關根昌夫，帶著錢逃亡之後的事情，都有詳細說明。

經過長時間的拘留，以及縣警搜查一課執拗的審問，終於有結果。坂章之大致上完全招認。

根據這份紀錄，坂章之果然確信自己順利逃出，嘗到甜頭，繼續以住宅搜索時的久濃市區的大樓為據點，販賣非法藥物之外，還想鎖定獨居老人，闖入民宅並搶劫。

只是碰巧沒有遭到逮捕，卻擅自認為「同夥口風很緊」「自己不會被逮到」，而完全不知害怕，反而犯更大的案子。就好像車子雖然掉了一邊輪子卻還是全速前進，計畫多種犯罪行為。真是如住宅搜索時刑警所言，頭腦簡單而愚蠢。

能夠在他第二次犯案前逮到他，可以說是不幸中的大幸。對坂章之來說亦是。依據刑法，針對強盜殺人罪的量刑，不是死刑就是無期徒刑。也就是說，依慣例，殺死一人，至少是無期徒刑，若殺害兩人以上，就可能被判死刑。

但大友關注的是接下來的部分。

坂章之的供詞中說，為了計畫強盜殺人行動，他向東京的存款詐騙集團購買住在X縣的老人資料，住宅搜索時，椎名發現的ＵＳＢ隨身碟就是那些資料。

與購買資料的賣方並沒有直接的關係，是靠同夥中大家口耳相傳而得知，買賣方式則是以稱為「土橋」的違法途徑——以綁定契約的行動電話進行。取得資料則是將ＵＳＢ隨身碟以宅配業者的郵件寄送。並不使用會留下電子追蹤紀錄的網際網路，準物流式的交換方式，就很不容易留下痕跡。

對縣警來說，一方面因對方所在地是東京，而對將個人資料販售給坂章之的集團，並未給予足夠的關注。

但是——

「……」

大友腦海中浮現先前警視廳的宮崎在電話中提到的事情。

佐久間很可能屬於「東京存款詐欺集團」的一員，並且販售從森林帶走的客戶資料。

該不會……

大友拿起電話聽筒，撥出縣警刑事部門的直撥電話按鍵。刑事部門正好有人當班，很快就有人接聽電話。

「是，ＵＳＢ隨身碟的資料嗎？」

「是的。坂章之取得的老人個人資料。是什麼樣的形式？」

「啊，那實際上是森林流出的顧客名單。」

大友聽見自己的心跳聲加劇，不過應該不會透過話筒傳到對方耳朵。刑警毫不遲疑繼續說著。

「縣內所有事業所的資料都在其中，如果是各地事業所的話，應該是很難分別流出各家資料，所以出處應該是東京的母公司。先前因違法行為而從照護事業撤出，在末期，公司的管理應該鬆懈下來了。」

果然如此。坂章之很可能是跟佐久間購買資料。

「那……那些資料，可以讓我確認一下嗎？」

「是，沒問題。複製的沒關係吧？」

「是，沒關係。」

「我知道了。今日內會送達。」

「麻煩您了。」

放下聽筒時，事務官椎名看向大友。「檢察官，出現什麼新的事實了嗎？」

大友想，從他的角度，看起來像是這麼一回事嗎？

「不是，只是很個人的事情。」

椎名露出若有所失的表情。

晚上九點過後，椎名也已經下班，大友處理完當天所有的事情，才開始看縣警送來的資料。

雖然絕對可算是對於承辦案件的證據調查，實際上卻也接近私用。應該做的事情全部結束之後再著手研究，也算是有所區分。

資料是以DVD-R光碟複製，如同電話中的刑警所言，看起來像是從森林流出的。

在根目錄有標示為「X縣」的檔案夾，當中還分「X中央照護中心」「縣北照護中心」「八賀照護中心」等子檔案夾，這應該就是各家事業所的資料了。縣政府所在地X市有兩家事業所，其他各市就都只有一家事業所。照護保險的界定以市區村鎮為單位來施行，因此事業所的管轄範圍大抵也以此劃分。

打開子檔案夾，裡面不只有客戶名單，還有職員名單、勤務實績表、進出管理表等等，所有資料都在其中。感覺像是硬碟中有的資料，就原原本本全部複製下來。其中雖然也有看似專用軟體的檔案夾，不過大多數資料都是標準的資料表軟體的檔案夾，地檢署的電腦就可以打開檔案瀏覽。

大友打開數個檔案一一確認。

客戶名單只到四月中旬有簽約的使用者，也就是說，資料是四月底之後流出的。與佐久間辭職的估測時間重疊。這應該就是佐久間一起帶走的資料無誤。雖然沒有任何直接證據，大友卻有近乎確信的感覺。

照護企業內部資料反映出高齡階層的種種實際情況。舉例來說，不論是哪家事業所的客戶名單，都可以發現使用者女性多於男性，一方面女性較為長壽，另一方面也是因為男性較傾向不願意接受照護。

而從職員名單與勤務實績表來看，略可窺見照護者的工作勞動環境概況。工作人員的值班時間是兩班制，受到工作限制的時間相當長，而且還完全日夜顛倒，超過法定工作時間的人相當多，但他們應該有遵守勞動法規吧。這反映出工作艱鉅，離職率高，但要再補充人手卻相當困難。

再者，客戶名單中也有契約終止的使用者訊息，簡單寫了終止的理由。通常我們會覺得老人的照護服務需求之所以終止應該是老人離世之時，但終止合約的理由反而很少寫死亡，大半都是因為住院。

仔細考慮，這也是理所當然的事。

即使接受居家照護，但大抵都是住院之後才去世。「我要死在家裡。」老人一定會有這樣的牢騷，但多數的老人都死在醫院的病床上。

粗略瀏覽過所得的印象，也有幾家事務所的紀錄上，終止合約的理由寫著死亡的例子不少，這類區域或許能在家裡離世的老年人較多。

我到底在找什麼？日期顯示已經跳到隔天，花這麼長時間，不斷檢視這些資料，大友心中浮現這個疑問。隨後便明白，自己在找佐久間的蹤影。

這資料從佐久間手上流出的可能性極高，果真如此的話，或許可以在裡頭找到一些蛛絲馬跡。

然而，反過來說，一旦找到，又能做什麼呢？佐久間已經消失了，沒有辦法再諄諄告誡，沒有辦法讓他承擔罪行、接受制裁，更沒有辦法再靠近他了。

結局不是令人感傷嗎？

朋友犯了罪而死亡。掩飾了在這事實中蘊含的惡，也只能藉此作為舒緩湧現的寂寥感的儀式。不多不少，只為此。

這份資料毫無疑問是個人訊息，除了主要的搜查之外，並不屬於可任人私下長時間瀏覽的資料。

大友嘆了口氣，關掉電腦。

斯波宗典

二〇〇七年七月三十一日

十一天後，下午四點三十九分。周圍雜木林的蟬鳴不絕於耳，稍稍西斜的金色夏日太陽像是要扎入地面一般照耀著，受到照射的地面帶有熱度，濕氣遇熱，就冒出濛濛的水氣來。熱。

將很重的攜帶式浴缸收進巡迴車的車廂關好門後，斯波擦去臉上不斷湧出的汗水。

「辛苦您了。」打工的男性護理師來幫忙整理，額頭也都是汗珠。「夏天還真是相當累人啊。」

「是啊。」斯波答道。

算是服務業同時也需要肉體勞動的到府沐浴服務，在夏天特別辛苦，這是讓人容易揮汗如雨的季節，而洗澡的需求也同時增加不少。

剛才結束的是今天最後的拜託目標。

在八賀市北部雲雀丘的周邊，雜木林圍繞中的一間小小的屋子。

斯波每週有五天，利用白日班的晚上與休假日，監視的梅田久治的家。

然而，斯波監視的時間犯人終究一直沒有出現，轉眼就到自己所設期限——七月的最後一天，犯人還沒使用鑰匙，或者他在斯波沒有監視時使用鑰匙，不得而知。而在今天的拜訪中，也仔細端詳家中的情況，是否有人潛入，也看不太出來。

斯波覺得希望越來越渺茫，卻還是決定今晚最後一次監視。

「那麼，我們還會再來，要鎖上門了喔。」

在玄關對著裡面大喊，並且鎖門的人是中心所長團。

排入班表的兼職照顧服務員突然請假，遇到這種突發狀況，團就成了支援人手。雖然極少只有男性職員到府服務，今天拜託的目標有四處都是男性，只有一位是女性，但已經事先說明，而取得對方諒解。

斯波走到巡迴沐浴車的駕駛座上，打開引擎，護理師將身體滑進後座，最後，所長團坐上副駕駛座。

「辛苦了！準備回去吧。」團邊說邊把梅田家的鑰匙放在儀表板上。鑰匙上頭還是備份鑰匙的製造者刻印。

斯波暗中觀察事務所其他員工的樣子，但是還不知道誰是犯人，而注意到鑰匙不一樣的人，似乎也只有斯波自己。

車子從雲雀丘的鄉間道路轉上平坦的縣道，車身不再晃得那麼厲害。

護理師突然開口。

「嗯，是關於梅田先生的事……我想，他不是癡呆症，而可能是憂鬱。」

「憂鬱？」團反問。

「是，老年人的憂鬱與癡呆症不容易一眼就辨別出來，雖然無法明確斷定，但在今天的訪問過程中，讓我覺得這種可能性不低。」

以前儘管身體不便，但個性依舊開朗樂觀的梅田，最近這幾個月來，心情一直持續萎靡不振，即使他們主動招呼，卻不太有反應，而且也出乎意外越來越不見笑容，甚至聽到他說出「我想死」這樣的話。工作人員之間猜測著是否開始出現癡呆症，但也確實考慮是否可能是憂鬱的緣故。

「了解，我會傳達給照護支援專員。」斯波回答。

如果考慮梅田的情況，能夠換成機構照護的方式明顯比較妥當。梅田是有一點存款，但是金額不夠負擔提供完全照護的付費老人之家，雖然申請了入住費用便宜的特別養護之家，但還在排隊等待不知何時才會空出的名額。所以就變成住在鄰近地區的妹妹過來照顧他。但這對他自己，對他妹妹都逐漸成為負擔。

「快到臨界點了吧？」團的語氣帶點自嘲的意味。「大家都在硬撐吧？我自己也都快要變成憂鬱症了。」

「團先生……」

團過去很少會提到這件事。

森林受到處分之後，一邊忍受著社會上種種攻擊，八賀中心還是努力繼續營業，還好使用者給予完全的信賴，而多數員工也奮力堅持度過難關。

然而，儘管如此也還是會有人離職，即使進行招募員工，對一般人來說，鮮少有人願意到已經被貼上「萬惡企業」標籤的公司應徵。

人力越來越吃緊的情況下，只能由專職的社員分擔工作，團特別以身作則，七月開始之後，團沒有休息過一天，兩班制的工作輪班若沒有休假的話，對身體與精神來說都是相當大的負荷。而團的年紀還比斯波大上二十歲，他的損耗狀況應該更加嚴重。

「團先生，明天請務必好好休息吧。」斯波說。

「對啊，對啊，今天晚上，為了轉換心情，我們去有小姐的店吧！這提議不錯吧？」

大概是想要提振士氣，護理師半開玩笑地說道。

明天是團久違的公休日，僅僅一天的休息，究竟能讓身體回復到哪種程度實在很難說，但聊勝於無。

「哈哈，謝啦。說了些莫名其妙的話，真是抱歉。即使你們不說，我也打算明天好好休息。」

團深深地陷入座椅中，視線轉向車窗外。

車子靠近大彎道，斯波邊轉方向盤邊思考著。

說不定犯人就是團。如果真的是這樣的話，那麼今晚他很可能會潛入梅田家。

雖然並沒有重大根據，但也不是憑空臆測。

不論是何者，入夜後應該就可以明白了。

大友秀樹

二〇〇七年七月三十一日

同一天，晚上十一點。開始播放夜間運動新聞。蕎麥屋裡小小的映像管電視上，畫面是巨大的相撲選手頭低垂著。

行政區外圍的夜鳴蕎麥店營夜到深夜一點，味道還不錯，連這個時間也都還很熱鬧。

大友秀樹跟椎名一起吃著沾醬蕎麥麵。

像今天一樣加班到深夜時，他和椎名還頗常到這裡來吃消夜。

十份的更科蕎麥爽颯的清香，炸物是例常的蝦子、加上紫蘇，還有當令蔬菜的綠蘆筍與紅辣椒，能夠爽快的吃一餐，非常適合悶熱的夏夜。

電視正在報導蒙古出身的橫綱向相撲協會道歉，他因為受傷而停止夏季巡迴演出，然而，卻讓人發現他在母國興致高昂的踢足球。這位橫綱向來就以素行不良而飽受批評，有些人認為他「非常令人厭惡」，但也有人認為他「情有可原」。

不論是哪一種看法，都是自六月森林受到處分，七月中越沖地震之後，在一片持續不斷的慘澹新聞中，給人相當無力感的話題。

椎名突然說：「在大相撲中，被證明也有作假的比賽。」

「作假的比賽？」

大友以為是週刊大肆報導的醜聞之類，但椎名的說明似乎不是那麼一回事。美國經濟學者以數學分析大相撲中的勝負統計，證明其中有人為的操作，也就是比賽作假。

「在最後階段，七勝七敗的力士，跟八勝六敗的力士，兩人比賽，你覺得哪一方贏的機率較高？」

「從得分來看的話，兩個人可以說勢均力敵，因此贏的機率應該一樣吧？」

「對，理論上的期望值應該是五比五，如果以強度來說，贏得八勝六敗的一方可能稍微高一點。然而，實際上七勝七敗的一方，約有八成機率贏得勝利，而七勝七敗的力士對上九勝五敗的力士，通常也有七成的機率會贏。相較於期望值，會產生如此大的差距，若說是人為操縱，絕對是合理的考量。相撲界是一個封閉的社會，即便不是刻意在比賽中作假，七勝七敗的一方也會因為勝率較高，可能使對手在不知不覺中斟酌情況，影響到實際成績。」

「原來如此，真有趣！」大友坦率說出心中所感，紙上的計算竟可以分析到這樣的程度。

「做這種分析的學者，也指出警界偏愛的『破窗效應』效果，在統計上亦有不合理之處。」

「這樣嗎？」

如果是從事治安相關工作的人，不論是誰都知道「破窗效應」。對於輕微的違法事件睜一隻眼閉一隻眼的話，就容易導致重大犯罪產生；相反的，若嚴懲輕微的違法行為，一點也不放過，就可以抑制重大犯罪的發生。此說來自於「建築物的一扇窗戶破了，若放著不管的話，沒多久，建築物上所有窗戶都會被破壞」。如同椎名所言——警界偏愛——以此「破窗理論」為基礎概念而推展強化治安的工作，相當風行。

這有統計上的問題？大友陷入苦思。

「不過，『破窗效應』的確符合經驗法則，在紐約，基於此理論而加強取締，的確減少了犯罪率不是嗎？」

九〇年代，檢察官出身的紐約市市長推行治安強化政策奏效，成功降低犯罪率，這段故事是「破窗效應」相當有名的實例。

不過椎名饒富興味地搔頭。

「所謂的經驗法則，在許多情況下，其實是出自於認定與印象而產生的偏見。以紐約的例子來看，犯罪率下降，早在強力取締之前就開始了，最大的因素是貧窮人家的小孩減少，此一推論亦可成立。」

椎名本來就是數學研究者，關於統計與數字的話題自是興味盎然。思及此，先前他的確也提過人口統計的話題。

統計、認定、偏見。

大友腦中瞬間將記憶與思考結合了起來，形成小小的疑問。

「椎名——」

「是，想到什麼？」

「如果提到統計，之前關於人口的話題，你有說過吧？『清清楚楚』。」

「啊，嗯……」椎名眼睛似乎眨了一下，馬上想起這件事。「對，有。人口的推測統計。的確如此，人口穩定預測的可能。」

「那是說，影響人口的因素，也就是人類的出生與死亡維持在穩定的狀態之中。」

「對，出生率和死亡率不會急遽改變。日本戰後出生率與死亡率都逐漸下降，但這變化本身是穩定的，因此，少子高齡化也不是某一年就突然變成這種情況，而是在可能的預測範圍內長年累積而成。」

「……」大友沉思著。

「這……怎麼了嗎？」

不顧椎名一臉訝異，大友繼續提問。

「舉例來看，我們可以說，同一縣境，不同的鄉鎮間死亡率會有所差異？」

「欸，就這點來說，的確多少會有分布不均的狀況，但我想通常不會有太大的差異。如果，某一個鄉鎮在死亡率的統計上突然上升，應該是有特殊的因素，像是那個鄉鎮發生重大事故，或者傳染病集體感染之類。」

「這樣啊……」大友一邊說，一邊將自己盤子上的炸蝦夾到椎名的盤子上。

「欸，這炸蝦要給我嗎？」

「對，給你好處，換句話說，賄賂。」

「哈，賄賂？」椎名眼鏡後方的眼睛睜得大大的。

「我想確認一點事情。不好意思，雖然現在已經很晚了，可是等會可以幫我一下嗎？」

大友不等椎名回答，繼續大口吃起蕎麥麵來。

斯波宗典

二〇〇七年七月三十一日

同一天，晚上十一點十六分。夜晚的雲雀丘，似乎將白日不絕於耳的蟬鳴全部隱藏起來，現在還不到夜晚的昆蟲一起合唱的季節，只會偶爾像是想到要叫一聲一樣，傳出嘁嘁的細微聲音。對昆蟲一點也不感興趣、毫不在意的斯波更是搞不清楚究竟是哪一些蟲在叫，或者根本就不是蟲叫聲。

連日來斯波都一樣將車子停在林中空地上，坐在車子裡，窺探梅田久治家。

離七月結束只剩不到一小時的時間。

不管今夜有沒有人來，斯波打算監視就到此為止。自己決定的期限到了，同時身體也不堪負荷開始哀號。

斯波重新思考整件事。

犯人複製鑰匙的目的是什麼？除了要潛入住家之外，很難想出其他目的。

但是犯人究竟什麼時候潛入？想想，應該會選夜晚吧。梅田臥病在床，因此不可能離開這間屋子，如果這點正確的話，那最容易潛入的時間就是只有梅田一個人在的時候，如果有同住的家人，白天應該會不在家，所以會以白天為最佳選擇，但獨居的話，還是夜裡最為方便。如果是他自己，他會這樣選擇。

不過為什麼要潛入別人家裡？最明顯的目的應該是偷竊。家裡只有臥病在床的老人，要偷錢就很簡單。

不過，犯人是誰？

斯波腦中浮現滿頭白髮、輪廓分明的男人——團啟司。

這個月團啟司沒有休過一天假，如果犯人是職員，而且要在晚上潛入，選在休假的前一日是最容易進行的時間。依此來看，這個月團啟司應該都沒有潛入的機會。而明天就是他久違的休假，若要行動的話，就是今天晚上。

這想法比較接近偶然的強自推論，或許是因為他很想親自確認犯人到底是誰。

在職場上，以團的行為舉止與人品來看，很難想到他會複製臥病在床的老人家裡鑰匙並潛入其中。但是，儘管覺得「想不到」，並不代表他就一定不會這麼做。特別是與人有關的事情。

人的想法與行為並不一致。在照護的工作場合中，待在老人家身邊，全心全意照料年邁家人的媳婦，實際上卻會虐待婆婆。

像團啟司這樣的人，或許就有某些無聊的違法行為。還是說……還是說，有除了偷竊之外的其他理由？

也有些人還是死亡比較輕鬆吧。

斯波想起團啟司曾經說過這樣的話。

就因為是像團這樣認真執行照護工作的人，更可能會作如是想。

斯波覺得自己或許從以前開始就有如此的期待。而會如此可笑的在這裡監視，或許就是想要確認。

絕對是這樣沒錯。

所以，看到事情發生的那一刻，或許就等同於目睹自己的願望實現了。

在一片漆黑中有隱隱的光線，同時也可以聽到低沉的聲音，車子慢慢靠近的聲音。斯波開始監視之後，夜裡有車子從這裡經過還是頭一遭。終於可以看到車子，是見過的白色鈦星，即使在黑暗中還是看得出來。跟團去年換的新車同一車款。

釷星的車頭燈灑落燈光，以接近徐徐而行的速度慢慢地前進。

當車子行經斯波停車的空地前，他目不轉睛的看著，絲毫沒有顯露一點疲憊。雖然駕駛座上的人只是瞬間一瞥，但可以很清楚看到，非常明顯的一頭白髮。

斯波不禁倒抽一口氣。

團啟司。

釷星就像慢動作一樣開往通向梅田家的小路。稍微往前一點是個彎道，看不見車子，引擎聲也消失了，應該是停車了。

不久彎道的那端出現一道人影。手裡拿著手電筒，謹慎地照著路面前行，人影慢慢靠近，輪廓看得非常清楚。

果然是團啟司。

團看起來形跡可疑，不斷看著四周，漸漸接近梅田家的玄關，然後應該是用鑰匙打開門，進入屋子裡。

斯波盯著團啟司潛入的房子，似乎並未點燈，全部籠罩在黑暗中。他繃緊神經側耳傾聽，卻沒聽見任何聲音。從外面不太能分辨是否有人潛入。

團到底在做什麼？

是要偷東西，還是——斯波屏息繼續觀察。

大約過了十分鐘後，玄關的門再度開啟，團走出來。手電筒仍然照著地面，他慢慢循著原路走回去。

斯波悄聲鑽出車外，跟在團的後面，壓低身體，走向道路另一端，團應該沒有注意到後面的動靜，只是加快腳步。

團的身影在轉彎處消失。斯波小跑了起來追上去，踏在泥土發出颯颯的聲音，在萬籟俱寂的夜裡，清楚響亮。或許團也能聽見這聲音。

果不其然，一轉過彎，光線就射入眼睛。手電筒正朝斯波的方向照來，他不禁舉起手擋在眼前。

「斯……波……？」

因為逆光，看不見團的表情，但可以想見他必然很驚訝。

「團先生，我都看到了。你複製了梅田先生家的鑰匙，然後潛入他家了吧？」

「啊，不要……」團的聲音顫抖，聽得出來相當震驚。

斯波一度大口吞嚥口水，提出自己最想知道的事情。

「你在做什麼？」

「那是……」團支吾其詞。

斯波大步向前，縮短距離，直到即使逆光還是可以清楚看見團的表情。

他的表情冷若寒霜，沒有一絲情緒。

吸、吐、吸、吐，斯波聽見很大的呼吸聲，卻不知道是自己還是對方發出的聲音。

「團先生，你在梅田家裡做了什麼？」斯波緩緩地又問了一次。

「……」

團微弱的聲音似乎說了些什麼之後，手電筒就掉到地上。

視野中光量突然減少，團就沒入黑暗中。

團接下來的行動遠超過斯波的想像。

一片黑暗中，團的右手大力揮舞著，從地上的手電筒射出的光線，模糊照出他手上不知何時握了把鐵鎚。在黑暗中隱約窺見團的臉，彷彿戴著能面面具，完全沒有表情。

剛好在這個時候，遠方傳來「喔——嗚——」，不知是什麼動物的鳴叫聲。這附近或許還有野狗之類的動物吧？還是自己的幻聽？

在他有時間好好想清楚之前，鐵鎚就朝著斯波的頭用力揮來。

大友秀樹

二〇〇七年七月三十一日

同日，晚上十一點四十五分。大友秀樹與椎名一起回到檢察官辦公室，他開啟電腦，叫出從森林流出的資料。

前幾天，因為感傷的緣故，而沒有發現任何可疑之處。

然而，很可能，上面其實清楚顯示出相當不尋常的問題。

在螢幕上打開許多事業所的客戶名單，每個事業所都保留了從開業以來所有使用者的名單。將資料分類後，抽出合約終止的人。

「來看一下這個。」大友讓椎名看螢幕。

每家事業所的合約終止人的名字並列在一起，在理由的欄位因為住院最多，有的是因為死亡，而「其他」跟「使用者自身因素」則相當稀少。

全部的傾向非常一致，不管哪一家，「住院」這個理由最多。但是，像這樣抽出來比較，就可以清楚看出，有一家事業所，因為死亡而終止合約的人很醒目。

大友指著表格。「只有這家八賀中心，因為死亡的理由而終止合約，件數似乎不少。」

之前看的時候，只想到八賀市比較多人是在自家死亡而已，並未多加思考。但是，重新考慮一下，沒有入院而死亡，應該是突然去世。「老人已經一腳踏進棺材」這樣的成見或許影響了看法，而在特定的區域中，驟逝的人比例偏高的話，顯然有問題。

「可以讓我試一下嗎？」

椎名走到電腦前，在大友旁邊操作滑鼠與鍵盤，整理新的表格。

好不容易從各個表格中抽出資料，將每家事業所因為死亡而終止合約人數的比例算出來。列成一張沒有裝飾的簡潔表單，只有顯示數字。

◆「因為死亡」而終止合約的使用者的比例

X中央照護中心……六．四％

縣北照護中心……八．一％

八賀照護中心……二十二．二％

久濃照護中心……八．九％

……

「用數字表示，就可以看出明顯的差異。」

不論哪家事業所，因為死亡而終止合約的使用者比例約在百分之五到百分之十之間，只有八賀照護中心突然提高到百分之二十二。

「只有八賀市，突然死亡的老人很多？」

八賀市是縣內人口第二多的城市，也有幾家大型的綜合醫院，比起其他城市，並沒有找不到醫生的問題。但是，既然如此，為什麼特別只有八賀市驟死的人較多？

「咦，」椎名似乎發現什麼，想確認表格最上方的項目。「你知道這裡的『需要照護程度』是什麼嗎？」

「啊，那是為了判斷使用照護保險的基準所區分出照護的必要程度。從簡單的協助可獨力生活到完全臥病在床，一個人的話無法做任何事情的『需要照護程度五』，分成不同階段，依此來斷定照護保險的範圍與服務。

大友的父親被判定為「需要照護程度二」，所以大概知道是怎麼一回事。

「這樣的話，可以看出某種趨勢，我來計算看看。」

椎名迅速操作表格，計算數字，用一目了然的方式列給大友看。

◆八賀照護中心之外的事業所

平均需要照護程度……一．五

因為死亡終止合約者的需要照護程度……一．八

「首先，八賀照護中心之外的事業所，所有使用者的需要照護程度平均是一點五，多數使用者都需要支援的緣故，平均值落在一到一點九之間，而因為死亡終止合約者平均一點八，屬於正常範圍，也就是說，需要照護程度雖然高，但並不代表容易突然死亡。」

大友點頭同意。

亦即是需要照護程度只是標示身體機能的狀態，跟健康狀況並不能畫上等號。仔細考慮，因為意外而使身體喪失部分機能，但仍然非常長壽的人不在少數。

「可是……」椎名將八賀照護中心的計算結果列在畫面上。

◆八賀照護中心

平均需要照護程度……一．四

因為死亡終止合約者的需要照護程度……二．九

「八賀照護中心所有使用者的需要照護程度平均為一點四，大約與其他事業所相同，但是因為死亡終止合約者平均為二點九，就有很明顯的差異。」

「這就是說，在八賀照護中心，需要照護程度高的使用者容易突然死亡？」

「以數字來看的話，的確如此。」

這句話是什麼意思？

大友屏息，這應該不是要問「莫非是……」如何如何，而是要問「應該發生了什麼事」。現在，他們可能觸及了某種不明狀況的片段了。

大友反覆思索，還有什麼沒注意到的地方？

「這是八賀市的趨勢，還是八賀照護中心的趨勢？」

「這兩個意義不同……對了，這種沒有入院就突然死亡的狀況，通常可能會被視為非正常死亡處理，這樣的話，我們這裡不就會有紀錄？」

的確！沒有醫生看護而死亡的時候，會當作死因不明的非正常死亡，原則上必須接受警察的調查。在法律上，調查是檢察官的責任，但現在已變成由警察代理。因此，就算沒有被列為案件，所有調查報告還是會全部送到地檢署來保存。

「來查查看吧。」

真的謝天謝地，最近三年來的資料都已經做成資料庫，可以用電腦輕鬆檢索。在維持舊時習慣，大量運用紙本資料的檢察世界裡，也不得不一點一點的隨著電腦化的浪潮前進。

這項作業還是椎名操作比較厲害，大友讓出座椅，起身站到他後面觀看。

椎名首先從資料庫中，以縣內各市為單位，找出一年內出現的怪異屍體數目，然後算出人口占比。

◆一年內出現的非正常死亡數對人口比率

X市　……〇．一一％

八賀市……〇．一四％

久濃市……〇．一五％

埜日市……〇．一二％

……

「不論哪個城市都沒有怪異之處。縣平均也有零點一三百分比，也就是比例上說，每八百人，一年中就有一個人是在醫院以外的地方死亡的非正常死。如果八賀市全體的突然死亡率高，非正常死亡人數應該也會很高，但目前資料顯示並非如此。」

「所以，並非八賀市全體的突然死亡率高，而是局限於八賀中心的使用者，是嗎？」

「將資料對照來看，八賀中心的使用者突然死亡的人數當中，有多少變成非正常死亡，確認一下看看吧。」

椎名將資料庫中與客戶名單中相同的名字抽出來整合。

八賀中心的使用者判定為突然死亡的人數……六十九

其中被視為非正常死亡而接受檢查的人數……五十二

過去三年內，可判定為突然死亡的八賀中心使用者，也就是因為死亡而終止合約的人數是六十九人，其中五十二人的名字同時列在非正常死亡名單的資料庫裡。兩個數值差為十七，應該是雖然沒有住院，但是有送往醫院或者其他有醫生在場的狀況下突然死亡的人數。

「三年內使用者有五十二人非正常死亡，這個數字比其他事業所都高出許多，在人口有三十萬人的八賀市，每年約有四百上下，三年共有一千兩百人非正常死亡的屍體，排入全市的數字來看，在誤差範圍之內。」

椎名將五十二件非正常死亡的調查報告資料輸入表格軟體，與客戶名單的資料核對。

非正常死亡五十二人的平均需要照護程度……三・八

「與客戶名單核對，計算五十二件非正常死亡的人需要照護程度的平均值，更提高到三點八。」

「……也就是說，八賀中心需要照護程度高的使用者，因為某種原因而非正常死亡。」

「八賀中心與非正常死亡之間是否有直接的因果關係無法斷定，但兩者之間的確有相關。」椎名重新將資料以日期順序排列。

「在資料庫中，過去三年的非正常死亡者的出現頻率似乎沒有怪異之處。」

所謂的「某種原因」並非某一日期、某一時段、突然發生的狀況。至少已經有三年的時間，在八賀中心，非正常死亡的者出現的原因，一直持續存在。

「再來將這五十二件非正常死亡者的死因分門別類來看一下。」

事件性……〇

病死、自然死亡……四十七

自殺……三

意外事件……二

「沒有一件是受到警察判定為可疑事件的非正常死亡。」

也就是說，根據司法解剖之類經過詳細調查的屍體，一件也沒有。

「病死的狀況相當多，是某種集體感染嗎？還是八賀中心進行的事情，蘊含了對於高齡者的健康會產生危害的因素？」

大友雖然沒有直接說出口，當然，有意圖的、人為的行動，讓使用者非正常死亡的工作可能性不能說沒有。

「集中到病死、自然死亡的四十七件進行分析吧。」

椎名開啟另一項軟體，用有點煩躁的速度敲打鍵盤，將資料輸入。

「這是要做什麼的？」

「使用計算，尋找資料中隱藏的相關關係、共通點。如果這四十七件非正常死亡的資料中有某種共同傾向的話，也許可以找到到底發生什麼事情的一些線索。」

螢幕上出現種種數值，大友完全看不出個所以然來。

「嗯？」椎名頭稍稍偏了一下。

「怎麼了？」

「出現了有點微妙的傾向……我再弄容易看一點，等我一下。」

椎名操作鍵盤，畫面上出現一張表格，從早上六點為一日的開始，排出一張像時程表一樣的表格。上面還有許多小圓點。

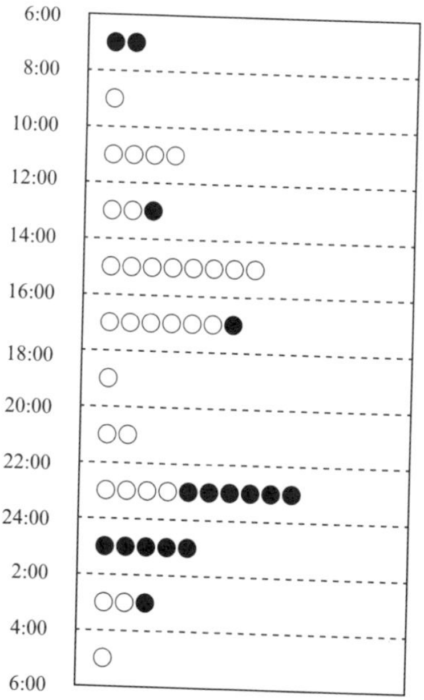

「這是將一天以兩小時為單位區分開來，然後計算每個非正常死亡屍體的死亡推測時間。白點與黑點表示家人的構成，白點代表與家人同居的人，黑點是獨居的人。首先，很明顯，黑白點集中在白天的下午兩點到六點，晚上的十點到凌晨兩點這兩個時間帶。如果是隨機發生的事情，應該依照所謂的『波松分配』，出現密度應呈常態分布才對，但這張表格卻有相當大的集中程度。」

「意思是，非正常死亡並非隨機發生？」

「就數學上來看是如此。」椎名點點頭，並繼續說。「而且，白點集中在早上，黑點集中在晚上。也就是說，與家人一起生活的人，會傾向在白天死亡，而獨居的人，傾向在夜裡死亡。」

與家人同住的話是白天，一個人生活的是晚上……這樣說的話，下午兩點到六點之間，以一般常識來看，也就是家中通常沒有人在家的時間帶。

「……老人會獨自在家的時間帶？」大友直接說出腦中正在思考的事情。

「對，我也覺得如此。」椎名點點頭。

獨居的老人即使到了深夜顯然也只會有一個人的時間；而如果與家人同住，同住的家人出門，變成一個人在家的時間。

「不對，等等……」大友搖頭。「所謂的非正常死亡者是沒有醫生在旁照看的人，因此，死亡推定時間偏向落在家人不在的時間，也不算不可思議的事情吧？」

「或許如此，不過，這樣說來，獨居者的死亡推定時間，應該也要比較分散才對。」

沒錯，獨居的老人儘管在夜裡只有一個人，但白天單獨在家的時間也相當長。

「所以，從第三者的角度來看，偏向老人一個人在家的可能性較高的時間。」大友在腦中整理相關資訊邊喃喃自語。

這也就是說，其中摻雜了人的意志作用。

椎名點頭。

「是的，跟非正常死亡屍體的出現相關的並不僅僅是時間帶而已，這個表格是將先前表格再加上星期計算出來的。」椎名按下按鍵，將表格擴大。

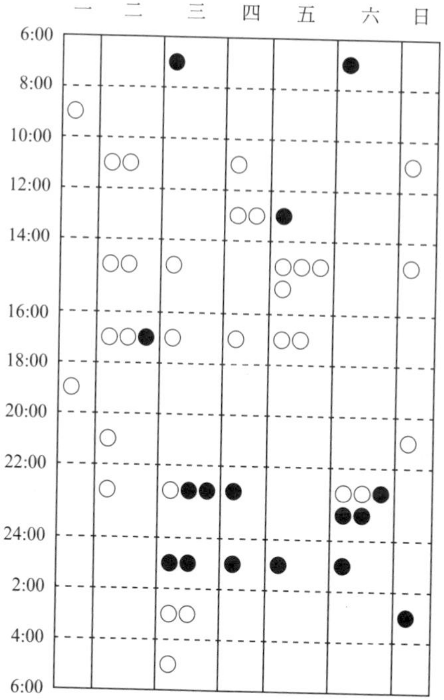

「非正常死亡出現在星期一的狀況極少，星期三則相當多。還有，星期二、星期五白天死亡的人數多，而星期三與星期六則是晚上死亡的人數多。」

「不同的星期與時間帶，出現死亡的程度不一樣？」

「從資料看來，的確出現有意義的關聯。只是，相關關係跟因果關係是不一樣的兩件事。因為想當然耳，星期幾與時間帶會直接導致人類死亡，根本不可能。」

大友點頭。

果真如此。根據聖經創世紀中的說法，上帝在六天中創造出這個世界，再加上安息日，共有七天，這是每一週七天的起源。但是在地球上根據上帝決定的時間劃分來行動的只有人類而已，根據不同星期而改變的事情，必定跟人類有關。

「非正常死亡的產生是人為的原因，那就是說，殺人事件……」大友初次將此疑惑說出來。

椎名若有所思的點點頭。

「我想這是有相當高的可能性。」

「啊，接下來，我們應該就得要解開這個可能性了。」

「如果，這與人有關的話，那我想應該就是八賀中心的相關人員了。」

會這樣想應該很自然，如果是照護事務所的人，應該很容易掌握與家人同住的老人何時會是一個人在家。

「資料當中，應該也有工作人員的出勤表吧？」椎名邊說邊把值班工作表的檔案夾打開來。

出勤輪班時間儘管會有些許變動，但檔案中記錄了全體工作人員實際出勤時間。

「工作人員的勤務輪班，跟非正常死亡屍體出現的時間，來查一下其間的關聯吧。」

大友明白椎名的意圖。非正常死亡者出現的時間跟星期幾還有時間帶有相當高的關聯，因此，若是這跟特定的工作人員出勤輪班紀錄有關的話，那麼，那個人跟非正常死亡者出現的可能性就相當高。

「試試看，換句話說，我們現在只要調查工作三年以上的員工就可以了。」

「是。」

椎名手指飛快地動著，人員的替換頻率非常高，工作人員的總數超過兩百位以上，但三年以上持續在此工作的人，社員與兼職人員合起來還不滿二十人。

椎名又打了鍵盤好一會兒，突然停了下來。

「這是……」

「看出什麼了嗎？」

「是，工作人員的編號，勤務輪班與非正常死亡屍體出現重疊的次數的單純期望值，與實際上的數值來比較，就出現——」

工作人員	期望值	實際數值
N1	8	12
N2	15	14
N3	15	18
N4	9	9
……		

椎名指著畫面，並加以解說。

「舉例來說，編號一的工作人員是兼職，每週的平均工作時間是三十小時，這相當於全時間工作的百分之十八，若先忽略偏差，單純計算期望值的話，四十七件中有八件是在這個人工作的時間裡發生的。」

大友大概理解其中道理。

「原來如此，就此來看，實際數值是十二。」

「對，稍微多了一點。不過，因為非正常死亡者出現原本就有偏差，因此，工作輪班表也會呈現一致的偏差，有所偏離期望值。即使如此，大多數的工作人員，誤差都在上下百分之五以內，只有——」

椎名向下捲動畫面。

「——一個人期望值與實際數值的差相當不同。」

工作人員　期望值　實際數值

N13……18……4

「期待值是十八，但實際數值只有四，實在太少了。」

「也就是說，這名工作人員的工作時間中，幾乎沒有非正常死亡者出現嗎？」

「的確如此。這名編號十三的社員，每週平均工作時間達到六十四小時。這就有勞動法上的問題，不過姑且不論，這大約是所有時間的百分之三十八，但在這相當大的範圍中，四十七回投球只有四回擊中目標，這就跟七勝七敗的力士的獲勝率一樣，有人為操作嫌疑的數字。」

椎名開啟工作人員的名單檔案，叫出其中一名員工的履歷。

「這就是編號十三的工作人員。」

名單是以履歷表的格式書寫，也詳細地貼上本人的臉部特寫照片。是一名白髮的男人。雖然覺得很面熟，卻想不起來到底是誰。

椎名開了許多個視窗，口中不住念著「果然」、「原來如此」，然後一邊敲打鍵盤。好像在確認什麼。

「這個人的工作時間表跟非正常死亡者出現之間果然有相當強烈的關聯，這個人不用值班的時間，特別是休假日之前的晚上，很明顯非正常死亡者出現機率提高了許多。這也跟星期幾的關聯一致。」

大友在腦中慢慢消化椎名揭示的事情，然後說出腦中慢慢浮現的假設。

「這個人，在不用上班的休假時間，殺害老人？」

「這並沒有直接證明的方式，但是，以此假設為基礎來驗算的話——」

椎名按下按鍵，畫面上就出現了這個數字。

1／30

「如果，這個人以三十天殺害一人的速度進行的話，在出勤時間之外，連續殺害需要照護程度三以上的老人，那八賀中心紀錄的資料上顯示的偏差，就可以完全說明。」

若真如此，此人以超過三年以上的長時間，每個月殺害至少一人，卻可以隱藏不被發現，犧牲者最少也有三十六人，幾乎不曾出現過的大量殺人。

「但是……」椎名使用逆接的接續詞，提出腦中自然浮現的疑問。「這些非正常死亡者的屍體都經過調查，只是可以瞞過警察的眼睛，然後持續殺人，這種事情可能出現嗎？」

警察並不是這麼好騙，這點大友相當能理解。特別是跟殺人之類相關的兇殘事件，不管哪一縣市，縣警的破案率都相當高。像這樣的完全犯罪應該是不可能。

但是大友的腦海中浮現出一個可能性。

行動困難的大友父親被判定是需要照護程度二，那麼三以上的話，就屬於需要相當大量照護的老人。如果，像椎名的假設，選擇那樣的老人殺害他們的話……

「不，或許可以打中調查的盲點。這樣一來，殺害方法——」

大友在腦中整理了想法，可以戳中盲點、逃過調查的條件，可以滿足這個要求的方法並沒有太多。就現實上來講，或許只有一種。

「——很可能是使用毒殺。」

大友再次盯著畫面上顯示的工作人員名單。

如果，依照大友想像的方式連續殺害的話，這完全是毫無道理的卑劣犯罪。

大友視線停留在工作人員名單上面的某個項目。「這個，是真的嗎？」

那裡記載了關於那個人一項令人難以相信的資料。

「欸，這是什麼？是登記錯誤嗎？」椎名也很驚訝。

「不是……不過，或許真的就有這種人吧，雖然不知道到底發生了什麼事情。」

這是與事件應該沒有直接關係的個人特徵，不過，大友確信。

這個男人做的事。

——這是長傳啊。

大友突然想起這段回憶。

東京，佐久間流出的資料，傳來傳去傳到大友的手邊，然後，又傳到了這個白髮的男人手上。顯示出在這X縣內連續殺人持續進行的可能性。

從已經遠行而去的舊日友人那裡的長傳。

不論如何，佐久間應該僅僅只是為了滿足私欲而流出資料。不，這資料的出處，若說只有來自佐久間也不全然正確。

然而，即便如此。球傳過來的時候，就是長傳。

接受傳球，這樣，就輪到我射籃。跟高中三年級時一樣。

「椎名，明天早上第一件事，就是去說服上頭，決定單獨搜查。雖然很抱歉，但希望你不要回去。」

「了解。不用說，碰到這種事情，應該也沒辦法回去吧。」椎名浮現爽朗的微笑。

「他」

二〇〇七年八月一日

隔天，凌晨一點十九分。「嗚──嗚──嗚──」三聲動物的咆哮聲在夜裡回響。是哪種動物的聲音並不清楚。日本應該沒有狼，可能還是狗的叫聲吧。

「他」駕駛著白色鈦星，疾行在八賀市北部雲雀丘的山路，來到這一帶已經都沒有住家，在深夜裡也完全都沒有人影。

背後傳來啦喀啦的聲音，應該是後車廂中，頭被打破的屍體在搖晃吧。

這完全是瞬間發生的事，雖然一點殺意都沒有，結果還是做出了這樣的事情。結果？

已經殺了好多人，不過不管哪一個都是詳細計畫、抱持殺意而殺害對方，不經意就殺了人這倒是頭一次。

預定之外、無殺意的殺人，並沒有成就感。

「他」也因此注意到了自己並不是已經習慣出於自己的決定而殺人這件事。

嘴裡一陣苦澀，屏住呼吸，心臟怦怦直跳，身體溫度明明很高卻止不住顫抖。肉體失去了平靜。拚命轉動頭腦，現在，只有一件事情要好好思考。

從今以後，該怎麼辦？

現在變成這樣之後，或許已經來到——

到目前為止太過順利了。

讓一切結束很簡單。只要把屍體帶到警察跟前就可以了。

對於事情敗露的日子終將到來已經有所覺悟。

不過，或許還可以繼續做下去。

還好，沒有被人看見。沒有辦法依照目前為止使用的方式處理，但若能隱藏這具屍體的話，這件預定之外的殺人或許也可以湮滅掉。

現在還沒有結束。

就是這樣，現在還沒有被任何人發現，所以沒必要自己特意停下來。

已經決定做到極限，就做到極限吧。

夏日的夜晚很短暫，必須趕快才行。

第五章　黃金律

二〇〇七年八月

大友秀樹

二〇〇七年八月一日

上午九點三十五分。大友秀樹坐在桌子旁，正對面的沙發上是檢事正鄉田，旁邊是次席檢察官，X地檢的兩大頭頭。

地點是X地檢本廳中人口密度最低的房間，檢事正室。

鄉田一到地檢本廳，大友馬上就強力爭取與他會談的時間，讓鄉田看他與椎名連夜做出來的報告。

到天亮之前，大約只睡了兩個小時，頭覺得沉重，但不能表現出來。大友盡可能的展現精悍的神色，希望取得兩位上司的搜查許可。

「真的厲害，只有資料就可以做到這個程度……」向前探身並且發言評論的是次席檢察官。

「全部幾乎都是椎名事務官的分析。」

「喔，那個學者大師呀，像那樣的人才也還真有用。」柊嘴角浮出笑意。

一旁的鄉田檢事正深深沉入沙發，一直看著手邊的報告。像毛毛蟲一樣的粗胖手指悠哉地撫摸著紙背。

鄉田與柊在許多方面剛好成為對比。身軀龐大、像是從體育系出身、神情爽朗陽光的鄉田，對比於個子較為嬌小、臉部線條細緻、彷彿浮現陰影的柊。不過，兩個人的特質剛好跟外表相反。鄉田較為小器、神經質，很討厭摩擦與混亂狀況；而柊是特搜隊出身，應該是在其中鍛鍊出來的穩如泰山。

在這種場面中，可以信賴的是次席檢察官柊，不過，若要進行非常規的獨自搜查，則必須取得檢事正鄉田的許可才行。

在階級嚴密的檢察社會中，地檢可視為一座城池，而領導的檢事正，就是絕對的王者。為了要讓旗下的士兵作戰，如果沒有王的點頭同意是不行的。

然而……

「我認為大量殺人正在持續當中，想要請求您給予搜查許可。」大友特意向鄉田低頭請託。

「這樣不會打擊縣警的面子嗎？」鄉田視線還是一直盯著報告邊說。

這種反應雖如大友預測一般，但實際聽到還是有些震驚，他耳朵深處的微痛又出現了。

如果，真正如大友推測的大量殺人事件正在進行的話，那就意味著縣警的調查忽略了這件事，縣警的顏面會被完全擊潰，首長應該也會被撤換掉。鄉田對此很在意。比起揭露事實，這位檢事正更重視的是維持跟警察之間的關係。

無辜的生命可能正大量被奪取呀！大友強力抑制自己想要破口大罵的衝動。

「不，像這種程度的重大案例，應該會有……」柊說。
正如期待的幫助，為此，避免與檢事正直接談判，而邀請次席一同來討論。
「是嗎？」鄉田像是徵詢柊的意見，視線轉向柊。柊點點頭。
對鄉田來說，有時候，他很依賴柊的決斷能力。如果，鄉田對獨自搜查的態度曖昧，若有柊在背後推一把的話，通常可以通過。這是大友的企圖。
「欸，對縣警來說這應該也很嚴重吧。本來關係也不是特別好，若能讓他們屈服的話，那對我們來說也更好辦事了。再加上如果這真的是嚴重案件的話，到了最後獨自搜查也是現實狀況吧。這種程度的證據拿出來的話，也會與縣警協力查證，地檢的名聲不是也會往上升嗎？」
柊口中的地檢，其實也就是鄉田。
不知是否因為對聲名的欲望被挑起了，鄉田悶哼了一聲，將報告書丟在桌上，誇張的將手腕交叉閉上眼睛。一定不是在思考，而是因為徬徨不定。
「大友，你有好好認清自己的責任所在吧？」
柊用話試探，為了以防萬一，必須自己承擔責任。
「是。」大友點頭。
功績獻給王者，而失敗的責任則由自己承擔。這是為了取得主上的同意而進行的儀式。

「試試看吧。」鄉田一字一字緩緩吐出。

太好了，但大友儘管內心相當激動，表面上還是得裝作平靜無事。

「非常感謝您。」

「不過，大友啊，你有具體的行動方針嗎？屍體應該已經全部都燒掉了吧？」

柊精銳的視線看向大友並提出問題。果真是厲害角色，馬上擊中要害。

如果大量殺人事件真的正在進行中，但最大的證據——屍體也已經消失了。更清楚地說，現在可以作為證據的東西一個都沒有。現場也沒有保存。大友與椎名的分析充其量也只是紙上談兵而已。

「因為已經取得搜查許可，今天，等一下就會立刻在對方同意下帶回偵訊，只要有一點效果，就會考慮進行住家搜索。只攻擊可攻擊的點，用已經找出來的決勝負。」

「嗯，似乎也只能如此。」柊點頭說道。

的確，總而言之，也只能先去進行了。

每三十天殺一個人持續三年以上，最少殺了三十六人，如果真的殺了這麼多人，一定會找出什麼來。

當然，也很可能結果全都只是一場誤會，根本沒有大量殺人的事件，資料上的偏差有可能因為出乎意料、令人想像不到的原因而造成也說不定。但即使事態發展成那樣也無所謂，毋寧說，最好是這個結果。

「在動機方面，有什麼解釋嗎？假設這個男人所做之事，只有殺害老人，而且是重度需要照護、什麼都做不了的老人，理由是什麼？」柊繼續發問。

在看過的非正常死亡者的調查報告中，並沒有發現盜竊金錢、破壞遺體之類的獵奇性，如果有這類現象，就應該會被視為案件處理。

「基本上就我的推測來看，」大友先以此說為憑藉，回答問題。「在目前理解的範圍中，犯人並不會直接從殺害老人獲得任何利益，如此一來，自然可以想像，他的目的應該就是殺人這件事情本身。」

「殺害就是動機嗎？」

「對。」大友點頭。

換言之，這就是所謂的「自我滿足」。舉例來說，能夠瞞過警察耳目而持續殺人的成就感。也可能是可任意奪取他人性命而獲得的萬能感。

以此為目的而殺人，比為了滿足利益而殺人，更為邪惡。這兩者在罪刑法定主義上來看是同樣的犯罪，但是若放在人類的罪，毋寧前者更重。對相信性善論的大友來說，他是如此思考。

「不論如何，」柊將報告書放在桌上，看了鄉田一眼後說道，「若真有大量殺人這類的事件，不可能就這樣不加追究。大友，行動吧。」

大友明白柊在言詞中加強了力道的目的，因此也有力的回答：「是。」

大友有預感。

或許，目標人犯——「他」就是所謂的反社會人格心理變態者之類的。也就是生來就不太有良心、善意之類的特質，根本否定了性善說的存在之物。大友覺得自己這次可能遇到像這樣的人物。

「他」

二〇〇七年八月一日

同一天，上午十點二十二分。「他」沉沉的躺在床上，微微張開眼睛，看著天花板。全部都處理完畢之後，回到自己的公寓，已經是早上六點左右。身心俱疲、模模糊糊地睡了一下，卻無法進入沉睡狀態。

「他」暗暗想著職場上的事情。

本來就已經人手不足了，現在更少了一個重要的員工。

此後，八賀中心應該還能順利運作下去吧？

雖然這樣說，但昨天晚上的殺人還是多餘之事。

心中頗感沉重。

玄關傳來敲門聲。

咚咚，低沉的聲響。然後是叫喚「他」的聲音。不過，他不記得有聽過那個聲音。

平常幾乎沒有人會來拜訪他。

「他」開始忐忑不安。

不過「他」並不打算假裝不在家。

既然該來的來了的話，「他」本來就打算接受。

「他」下了床走向玄關。

回了一聲「是」之後，「他」窺視門上的貓眼，看見了因為魚眼鏡頭而變形的兩個男人的身影。

「請問是哪位呢？」

「他」將門稍稍開啟。

眉毛粗獷看起來給人有點像狗一樣印象的男人，還有一頭濃密鬈髮、身體瘦高像花椰菜一樣的戴著眼鏡的男人。

像狗的那人說話。「我們是X縣地方檢察官。」

「他」隨即反問：「是警察嗎？」馬上就被糾正：「不，是檢察官。」

像狗的人名字是大友，而像花椰菜的是椎名。

不管是警察還是檢察官，對「他」來說沒有什麼差別。都是來逮捕犯罪者並加以懲處的人。

該來的總該是會來。

「我們現在正在調查的事件中，有一些事情想要請教您，因為狀況有些複雜，因此想請您跟我們一起到地檢署一趟。」

叫做大友的檢察官行為很有禮貌，但明顯是特意採用如此禮貌、紳士的舉動。

「他」閉上眼睛，深深呼吸三次。

鎮靜、鎮靜、鎮靜。

應該已經有所覺悟了吧。心中已經明白這樣的一天一定會來到。

真正要關心的，是從現在開始。

「怎麼了？」

「他」睜開眼睛，看見檢察官驚訝的表情看著自己。

「沒，沒事。我知道了，那就走吧。」

「他」浮現笑容，如此回答。

大友秀樹

二〇〇七年八月一日

同日，上午十點五十四分。在對方同意下，在地檢署的檢察官室中開始偵訊。

搜查許可一發下來，大友秀樹馬上到他的住家去。他家位於其工作地點八賀市隔壁的埜日市一間建築年代已有點時間的木造公寓。沒有電鈴，直接敲他家的門叫喚他，他就出來了。大友表明自己的檢察官身分時，雖然他看起來有些驚訝，但是請他同行時，他閉上眼睛、鎮定自己的情緒之後，臉上浮現笑容，默默接受。這行為舉止顯示他應該已經事先考慮過會有這種狀況出現。

然後，大友坐在審問用的辦公桌旁，與他面對面說話，一旁是椎名，因為要記錄而打開筆記型電腦。

空調維持在微弱的狀態，讓室溫控制在有一點悶熱的溫度。

「在您的休假日打擾您，非常抱歉。」大友一邊說一邊觀察著他。

長長的滿頭白髮似乎疏於整理而顯得凌亂蓬鬆，臉色看起來也不太好。凹陷的雙眼周圍帶著一圈黑眼圈，比起工作人員名單上的照片，顯得更為憔悴清瘦。

大友覺得他一定在某處曾經看過這個人，但還是想不起來。

「你們想要問我的事情，是什麼？」

大友還沒出手時，「他」就已清楚地詢問。聲音中有些許高張，與外表有些不一致。彷彿電影配音時搞錯了角色。

而他這般沉著冷靜的舉止，反而讓大友更加確信。

這個男人果真預先思考過，絕對不會錯。像這樣接受審訊的狀況。

「我們想請教的是，您工作的森林八賀中心的事情——」

大友直直看著「他」說話。

一較勝負吧。

大友打開桌上幾份資料。

目前並沒有可以證明大量殺人的直接證據。「他」的證言就非常重要。如果，這次案情審問沒有得出什麼的話，現在也就可能只有無可奈何的撤收了。所以，王牌留著並沒有多大意義，必須一開始就亮出牌來。

大友依照順序排列八賀中心的使用者不自然的非正常死亡之事。

「——我們認為這件事情實際上有相當深刻的含義，嗯，還是直截了當的說吧，這非正常死亡是人為引發的殺人事情，我們認為可能性相當高。」

「他」深陷的雙眼凝視著桌上排開的資料。然後，像是喃喃自語的發起牢騷。

「真是令人驚訝……」他低垂著臉，難以讀取表情，到底是真正覺得驚訝，還是故意表現得很驚訝，實在不容易判別。
隨後，「他」抬起頭看著大友。有些面紅耳赤，臉色似乎變好了一些。
「不是昨天的事情呀。」
昨天的事情？
大友不明白他的話裡含義。
「怎麼一回事？」
「啊，沒……」「他」一度抿嘴笑了起來，邊回答。「跟我想的事情有些不一樣。」
想的事情？雖然不知道他想的是什麼事情，不過，他這番說詞多少證明他應該預先考慮了些什麼。
「他」繼續發問。
「那個，檢察官，這為什麼要問我呢？其他你們還知道些什麼嗎？」
「他」的視線直直盯著大友。
大友覺得背上似乎湧出汗水來了。當然，絕對不是因為室溫的關係。
「請看這個。」
大友將資料轉了一下，將非正常死亡發生的表與「他」的工作時間資料的關聯性秀給他看。

「非正常死亡者的死亡推定時刻，與森林八賀中心工作人員的出勤資料交互比對的話，你不用上班的時間，剛好是非正常死亡者出現的發生率極高。」

「他」大口吸氣的聲音清晰可聞。

「他」的視線再次上移，然後彷彿像要尋找大友一樣，直視著他。

「也就是說，你們懷疑我利用休假的時候，一再殺害使用者？」

「他」一個字一個字清清楚楚、緩慢地說。嘴角微微上揚，而眼角似乎有些微往下。

他在微笑嗎？

瞬間大友說不出話來。

雖然僅有數秒的沉默卻像永恆那樣長，大友點點頭。「……的確如此。」

聽到大友回答後，「他」這次明顯地笑了起來，然後再問。

「檢察官，如果是這樣的話，那我用什麼方式殺害他們呢？」

難以推測其真義的說法。

不過，會這樣說的人，絕對不可能沒有做什麼。只有這點非常明確。這個男人做了這件事。

大友一直盯著「他」看，不知不覺額頭上的汗水滴落下來。

「你承認嗎？」大友不再客氣說話。

「……」

「他」沒有回答，只是浮現爽朗的笑容。相隔不到一公尺遠的兩人，似乎完全處於不同的季節裡。

受到殺人懷疑，「他」卻絲毫不顯不安或者遲疑，甚至還飄浮著他似乎正在盼著某件事情發生的氣氛。

不管是否認還是承認，到目前為止接觸過的嫌疑犯，完全不同的氛圍。突然改變態度嗎？

雖然不知是否如此，如果他犯案的話，全都必須攤在陽光下才行。大友回到根本的使命感上，重新振奮自己。

「你在隱瞞殺人這件事吧？」

大友故意從「您」轉變成使用「你」來稱呼他，直接將假設率直說出。如果真的猜對了，應該可以產生相當的震撼。

完全犯罪。

推理小說什麼的常常會看到的固定說法。

然而就現實來看，殺了人，然後要達到完全犯罪，是非常困難的事。

在日本，若以殺人事件來說，破案率約有百分之九十五。媒體上大肆報導的未偵破的懸案，只不過是相當罕見的例外。

警察會徹底的調查，就像「爬過每一平方公分」形容的那般仔細。他們會將現場所有的一切證據採集起來，也會細微爬梳被害人的人際關係。

做出殺人這等大事，絕對不可能完全不留痕跡。必定殘留了證據。即使只有一根毛髮如此細微的線索，警察也會不畏艱辛找出嫌疑犯。

然後，嫌疑犯被鎖定後，也就完成了。反過來說，不論多巧妙的把戲，完成密室殺人，也沒有關係。即使沒法破解其中把戲，但透過審訊會讓嫌疑犯全部吐出。負責殺人事件的人，不管在哪個縣警中，都是王牌級的能幹刑事。而他們最能有效發揮能力的就是審問調查。在密室中進行的是難以想像的嚴厲。此外，最長應該只有二十天的拘留時間，在必要時還可以變更不同名目再次逮捕，不論延長幾次都行。一般人是無法堅持隱藏祕密的。

一旦被警察認定殺了人、成為搜查對象的話，當下幾乎就注定要出局了。被視為案件，還想要以完全犯罪為目標，在現實層面是不可能的事。

如果可能發生的話，必定是在反面。也就是說，當事件不被斷定為案件的時候。警察沒有注意到那可能是案件，因此也沒有展開搜查，那完全犯罪就可能成立。長期下來的連續殺人事件之可能進行，唯一的可能就是如此。

當然，一般狀況下，殺人之後，想要隱藏起來根本不可能，但是，卻有一些可能條件使之成為例外。

「你選擇老人加以殺害，特別是需要高度照護，身體無法自由行動的老人！」

這是瞄準弱者的卑劣犯罪行為。大友自己的話彷彿化作火種，燃起他滿腔怒火。

「你應該特別注意兩個地方，其一是在犯案的瞬間，必定避開任何可能撞見的人；就這點上，需要沒有人在家的時候，以照護人員的身分而應該知曉的資訊，做最佳利用，鎖定欲殺害對象一個人在家的時候，然後潛入。接著，另一項重點是下手殺人時，不在受害人身上留下可見的痕跡。要達到這個目的，就是毒殺。可能強迫對象喝下毒藥，或者注射到對方體內。」

「他」的雙頰似乎注入了生氣，露出欣喜的表情，彷彿在傳達「這是正確答案」。

這張臉究竟是怎麼一回事！

大友加強語氣說：「一般來說，即使對手是老人，當受到殺害時，還是會激烈抵抗，現場就會留下掙扎的痕跡。可能會因為互相推擠，而產生額外的外傷，但是，你──你殺害的是身體行動不便，幾乎無法抵抗的人！如果有成年男人的力量，可以不留下打鬥痕跡、不會有顯眼的外傷，就將毒藥注射進去。你就是用這種方式，讓毒殺看起來像是自然死亡。不是嗎？」

看起來像是自然死亡的毒殺。

老人靜靜地死亡──製造出這種狀態。這就是隱藏殺人的條件。也是針對現在對非正常死亡的調查系統的盲點。

毒殺這種方法必然會在屍體中殘留有決定性的證據，一旦進行解剖，就會發現。只是反過來說，如果不解剖，要能看出是毒殺，相對說來極為不易。再加上現在日本在預算、人力、設備都不足的狀況下，可以進行解剖的屍體數量有限，非正常死亡的屍體解剖率全國約百分之十，即使在有法醫制度的東京都心地區平均數字加上去也只到這個值，地方上更掉到百分之五。在不同地方，甚至可能掉到百分之一以下。

絕對多數的非正常死亡屍體只憑檢視，就斷定為沒有事件性，因此不做解剖。

「檢視」的定義是：為了判斷一個人的死因是否為犯罪行為而導致，依據五官的運用，檢查屍體的外表狀況。雖然是五官，其中又以視覺為主要判斷，所以，證據上載明的是「調查」（檢視）而非「驗屍」（檢死）。

也就是說，現在日本的調查系統，會以屍體的外傷與現場的狀態判定，如果看起來有不尋常的部分，才會開始解剖屍體。

但是毒殺的話，不會留下外傷，反過來說，注射毒藥僅只有非常細微的注射痕跡，再加上老人身上大抵布滿皺紋與斑點，還有注射點滴的痕跡，光是用眼睛看，要能看出異常實際上並不可能。

沒有顯眼的外傷，現場也無打鬥痕跡，錢財也沒有被奪取，只有老人像睡著般的死亡。這樣的狀態看起來就像是迎接生命盡頭到來的人的樣態。會詳細調查這樣的屍體嗎？會使用極其珍貴的解剖資源嗎？

答案是否定的。

如果死者是健康的年輕人，即使是這種狀況，斷定為需要解剖並不會有問題，但若是需要照護的老人的話，就不會。

乍看之下無可疑之處的老人非正常死亡，專門的調查人員等不會親自到現場，而是當地轄區刑警簡單地檢查一番，就以無事件性的自然死亡來處理，這種案例相當普通。

因此，殺人可以被掩蓋起來。現場不管留有多少指紋、毛髮之類的東西，警察的搜查行動並不會開始進行。

這一類搜查方面的狀況，「他」到底有多少程度的了解，大友並不確定，但從結果來看，「他」製造出可以避開調查的狀態而連續殺人。這是大友的解讀。

「是，的確如此。」或許因為確有其事，「他」坦承不諱。

這也完全超乎大友的預期。

到目前為止，他們手上的牌只是一項項推論。根本沒有可以作為證據的東西，所以能夠這樣簡單讓對方自白，原先毫無預期。因此為了動搖犯人，而特意以不容質疑的語氣詰問。

在一旁打報告書的椎名也停下手，抬起頭來。

話語和鍵盤聲音突然停止，一瞬間萬籟俱寂。

打破沉默的是臉上顯露出一股彷彿欣喜微笑的「他」。

「針對老人的毒殺如果仔細進行的話就不會被發現。我一邊工作一邊蒐集使用者的資料，如果找到合於殺害條件的需要照護的老人，就利用到府照護服務的時候設置竊聽器，再認真地詳盡調查對方的生活模式。」

竊聽器……做到這種程度了嗎？

「他」像是講解戲法伎倆來作為餘興節目一樣，即使沒有問及的事情也毫不遲疑地說出。

「萬一遇到家人的話，就會出局，因此必須非常謹慎。如果可以掌握生活模式，這一帶許多住家都不會把門鎖上，因此要入侵並不難。獨居老人的話，事務所會代為保管他們家裡的鑰匙，這種情況也不少，這時候就可以複製鑰匙，當然，是擅自進行。祕訣在於不勉強。徹底的調查，確實可行的對象再行處理，就是這麼一回事。」

「他」使用「調查」、「處理」之類的字眼，彷彿把殺人當作是一件事情，而描述著進行的方式。很明顯，絕對異常，但是敘述口吻卻非常冷靜。

「處理的方法，就是毒藥。從菸草中抽出尼古丁，然後皮下注射。」

尼古丁啊，恐怕是最容易拿到手的致命毒藥了。因為它是水溶性，容易提煉，極少量就可以致人於死。但是有強烈的苦味，因此不太可能讓人以口服方式服下，但若用注射的方式，對於無法抵禦的對象，就幾乎沒有問題。

聽到菸草，大友腦中似乎浮現一縷模糊的記憶，但還來不及思考就消失了。

「他」繼續說：「注射並不是太過困難的事情。對象大多都睡著，即使醒來，也幾乎都是臥床狀態，只有極少數會反抗，但若遭到反抗的話，就會用毛巾將他們綑綁住，然後再殺害。但即使如此，只要仔細整理好，讓他們看起來像是靜靜死亡的樣子，就不會讓人起疑。」

此番供詞與大友的推測幾乎雷同。

「你承認了，對吧？」

大友控制住高昂的情緒，再次確認。

「是。到現在總共殺害四十二人……不，是四十三人。」「他」若無其事地回答。

四十三人！

不管是大友曾經經手過的案件，或者過去的案例中，完全沒見過的數目。這個男人對此坦承不諱，即使在沒有決定性的證據之下，就輕易地自行說出。

因為罪惡感作用而坦承犯案的嫌犯並不少見，不過，「他」周遭並沒有這種氛圍。

「我知道總有一天這件事一定會被人發現。不過，我想會是在處理的瞬間，被某個人看見，以近似現行犯的狀態被逮捕。因為我不覺得人死掉了這個事實會留下痕跡。」

「他」還是端著笑容，像是談論最近看過的電影一般說著。然而這是千真萬確的犯罪、殺人的自白。

這究竟是怎麼一回事？是輕視我們嗎？因為沒有屍體，所以提不出物證，因此也沒有辦法起訴，這些全部都考慮在內嗎？

開什麼玩笑！即使只是情況證據，依然可以維持公判。而且不乏前例。並不只是「懷疑是為了被告人的利益」這種程度問題，如果是受到十分懷疑的話，僅僅有此疑惑就可能被宣告有罪判決。

當大友還在擅自思考這個想法的時候，從「他」口中吐出的話，更讓大友驚訝。

「在我住的地方可以找到竊聽器等等工具，還有我全部的殺人紀錄都寫在一本筆記本上。請你們去搜索吧。住家搜索，就是這麼一回事吧？」

自行提供證據嗎？

「……難道你打算自首嗎？不過很遺憾，是我們先認為你有嫌疑，現在已經無法滿足自首的要求條件了。」

刑法上，自首是在犯罪事實被發現而受到懷疑之前，就由自己宣告，才能成立。

但是「他」苦笑著。

「不是你想的那樣。只是，我已經決定一直做到極限，一旦被發現了，就會誠實地全盤供出。」

跟惡劣的大量殺人犯不協調的乾脆。

難道是因為預先想到了調查嗎？

不過，非常不協調！

雖然能夠知道那些話是什麼意思，不過卻無法看到意圖。

相對於事件的沉重，「他」的態度卻是相當輕盈，完全不像殺害四十三人的人會有的行為舉止。

果然，是心理變態者，缺少良心的人吧。

「你知道自己做了什麼事情嗎？」

對於大友唐突的提問，「他」平靜地回答。

「是，殺了很多人。」

「殺了很多老年人！」大友憤怒地重述。「你殺害的是身體行動不便、生活需要協助，而且幾乎無法抵抗的老年人。」

「他」淡淡地點點頭。

「的確如此。殺害是讓他們以及他們的家人得到拯救。我所做的事情，是照護。消失的照護，『lost care』。」

拯救？照護？殺害無法抵抗的老人這件事可以說是照護嗎？大友無言以對。

看起來並沒有因為憤怒或者恨意而失去理智的樣子。也不是突然改變態度。

這個男人，到底是什麼？

「不，有一個人並不是，對了，檢察官，請你們去搜索八賀市北部的雲雀丘偏遠的雜木林。有一輛被拋在那裡的車，後車廂裡裝了具屍體。昨天，我殺死的人。我以為是那件事情被揭露了。」

「他」帶點自嘲意味地說。是不久前提到「昨天的事情」嗎？

「他」淡淡地繼續供述：「只有這個人，不在計畫內，筆記本上沒有記錄。」

到了下午，審訊告一段落後，大友就跟鄉田檢事正跟柊次席檢察官報告。

「他」自己供出犯行，並對所有質問坦白回答，不僅是隨意詢問的事情，以此情況來看，幾乎是所謂的完美破案。接下來，關於證據的蒐集，就要與警方協力合作。

以大友取得的自供為交涉基礎，柊聯絡縣警高階層級。

縣警方面就像是被炸彈攻擊，引發一陣大騷動。乘此之勢，柊將後續的審問與證據搜索等都要求依照地檢署的指揮來進行。

很顯然這是給縣警很大的好處，鄉田說：「船到橋頭自然直。」並露出微笑。

到目前為止，地檢署以大友為中心，透過審訊，確認案情與了解犯罪動機。縣警再以此為根據進行搜查行動。

縣警即刻到「他」的住處與雲雀丘的森林深處展開搜查。不久縣警就傳來報告，如同他的供詞所指，找到一輛停在森林深處的白色鈦星轎車，後車廂藏了一具屍體。

死者的身分是團啟司，五十九歲，森林八賀中心的所長。

下午四點二十分，收到這份報告，大友以遺棄屍體的嫌疑將「他」——斯波宗典第一次逮捕。

「在裁決之前，你有權要求律師，可以針對嫌疑的事實進行辯解。」

雖然告知他依法可得的權利，但是斯波微笑著回答道：「我不需要律師，也沒有任何辯解。」

滿頭白髮、眼窩深陷，臉上盡是一道道皺紋，看起來就像個老人。然而，工作人員名單上記錄的出生年月日一欄寫著，一九七五年十月生，滿三十一歲，與大友同年。

這個嚴重老化的男人，殺了四十個以上的人，並且說，此舉是「照護」。

這個男人，究竟在說什麼？

一開始只是懷疑，但到逮捕之後，進展超乎預期的速度。但是，這個問題的答案，卻還是找不到任何蛛絲馬跡。

二〇〇七年 八月一日

斯波宗典

同日，晚上十點三十八分。斯波宗典被兩名穿著制服的警察前後挾持，走下樓梯。

X縣警本部。遭受地檢逮捕之後就移送到這棟建築物來。從今天開始，多半就要在這裡面生活了。

走在前後的警察官，並沒有多說什麼，塗上人造樹脂的綠色地板，只回響著三個人啪答啪答的腳步聲。

通過樓梯平台。平台處掛著一面鏡子，下方以小小的紅字寫著「獅子會敬贈」。好一會兒，斯波才意識到鏡子裡頭的男人不是父親，而是自己。

已經完全轉白的頭髮，滿是皺紋且鬆弛的皮膚，厚厚的嘴唇，深陷的眼窩上方，眉毛的弧度跟父親一模一樣。大學剛畢業時，他看起來模樣就跟當時年紀應有的相貌無差，但後來照顧父親的那段期間，彷彿打開了浦島太郎從龍宮帶回的寶物箱，變成非常蒼老。這樣子就與記憶中的父親十分相像。

五年前，去森林八賀中心應徵的時候是二十七歲，但看起來已經不像二十幾歲的人了。面試時，所長團看到年紀只有自己一半的斯波竟也滿頭白髮，一點也不驚訝，反而對他說：「你過得一定非常辛苦。」

團是溫和且認真的好人，作為一名照護工作者令人相當尊敬。昨天晚上，突然受到他襲擊，不禁嚇了一跳。不過，或許就因為平常的舉止認真，當壞事顯露出來時，反而更為震撼。

團撲過來時，留下的觸感記憶彷彿還停留在手心。

突然受到襲擊時的當下，像反射動作般抵抗，他雖然看起來像老人，但實際上是三十歲的男人。

撲到斯波身上的團仰天倒下，後腦勺剛好撞上沿路堆積的水泥塊的角。

這完全是偶然，撞到的地方太糟糕，雖然這樣說也沒錯，但他倒下後就一直靜止不動了。

說到底，根本就不想殺他。

奪走了原本不打算奪取的性命，多少有些後悔。不過現在也無關緊要了。

他還記得，當注意到事務所中除了自己以外還有其他人也複製鑰匙時，一股興奮之情油然而生。而且剛好被複製的鑰匙，就是他「消失照護」的下一個目標，考慮要進行處理的梅田久治家。

誰為了什麼理由複製鑰匙，必須要查清楚。一半原因是處理得有萬全的準備，一半是單純的好奇。

雖然可以猜出十之八九是為了偷竊財物之類的小事，但或許除了自己之外，也有其他人在進行「消失照護」也說不定。為了這個期望而像偵探一樣監視。

特別是像團那樣認真的從事照護工作的人，斯波也期盼那個可能性或許存在。

結果昨天晚上團出現了，但他的目的只是進行無聊的竊盜而已。

團潛入梅田家之後，斯波在車子裡監聽狀況，裝了竊聽器的梅田久治的寢室並沒有傳來任何動靜，也就是說，雖然團潛入屋裡，但沒有靠近梅田久治。

團出來後，斯波責問他，他以近乎喃喃自語的聲音說著「鬼迷心竅了……」之類的說詞，但幾乎都聽不見。

團究竟有什麼苦衷斯波並不清楚，是金錢方面的困擾，還是壓力？不過也可能是新車的貸款付不出來等等可能。

雖說他是管理者，工作環境的惡劣與金額稀少的薪水，跟一般員工所差無幾，但作為管理者得承擔相對的責任，壓力增加好幾倍。此外，森林接受處罰之後，應該遭到不少中傷。像他自己所說的鬼迷心竅，並非無法理解之事。

總而言之，殺害了團，斯波如果想要繼續進行「消失照護」，就必須把屍體藏起來。

所以他將屍體塞進團的車子後車廂，畢竟是被歸類為高級車的車種，後車廂的空間，可以容納一個人，只要他稍微曲體。斯波將團的車開到雲雀丘森林深處停放，那裡不太會有人車靠近。他想，先不管是否可以永遠不讓人發現，至少可以爭取到更多的時間。

然後他徒步走回梅田久治家附近，他停車的雜木林，開車回家。只要可以開就好，不管哪種車都行，這輛破舊的中古車，是斯波的愛車，而這輛車跟團的車唯一的共同點就是同一牌子——白色的鈦星。

處理好一切事情之後，短暫的夏夜結束來到破曉時分，斯波身心俱疲，幾乎沒有力氣再去上班，於是打電話跟事務所請假，就倒在自己床上了。

長得像狗跟花椰菜的人來訪，已經是幾個小時後的事。

走下階梯，通過長長的走廊，最後來到鐵柵圍成的一間狹小的房間。拘留室。只有小小一面玻璃模糊的窗戶，狹隘又簡陋的房間。

看守的警察人員告知一天的作息時間。起床是上午七點半，就寢時間是晚上九點。馬上就要超過就寢時間了，他叫斯波趕快準備睡覺。

就時間分配限制來看，比起兩班制的照護工作，在拘留室裡，有充足的睡覺時間，生活作息反而可以恢復正常。

暫時在這過了幾天之後，應該就要開始接受警察與檢察官的審訊了，然後終於進入裁決。

「消失照護」已經無法繼續進行，然而，現在開始，才更為重要。

他決定做應該做的事。

儘管憑自己的能力，能做到的事情可能非常微薄也沒關係。即使如此，該做的事情，一定要做。

這是戰鬥，至少也要射出一箭。

毫不後悔。一切都按照預定計畫進行。

斯波帶著決心，在拘留室裡沉沉睡去。

羽田洋子

二〇〇七年 八月十五日

十四天後，上午九點二十分，羽田洋子來到X縣地檢本廳。

上個週末，她才知道，原以為是心臟衰竭死亡的母親其實是遭人殺害。兩名刑警親自到她家裡來告知這件事情。那天，相當晴朗而且炎熱，因此，就真可說是晴天霹靂。

然後，今天以證人身分被傳喚到此。

戰爭結束之日。今天也非常炎熱，時序進入八月，就有熱浪襲擊日本，受到聖嬰現象影響，名字如此可愛卻帶來不快影響的自然現象。

首次踏入的檢察廳，跟市公所的印象幾乎沒有什麼不同，都是政府機關。

坐在正對面的檢察官年紀大約三十上下的年輕男人，明明是酷暑，卻還繫著領帶。桌子上的物品排列得整整齊齊，看起來應該是很認真嚴謹的人。

一旁正在開啟電腦的事務官應該也是同樣年紀，不過他的領帶鬆開了些，袖子也捲了起來，完全可以用豆芽菜來形容的瘦削眼鏡男。

「很抱歉如此急迫……去年十一月四日的事情，想要請教您。」

叫做大友的檢察官就這樣開口說話。

他問的問題，就跟前一週到洋子家的兩名警察一樣。

「斯波應該在臥室裡的插座上裝了三叉式的竊聽器，您是否曾經注意到？」

「沒有……即使聽您說，覺得好像似乎有，但實在對那個東西沒有印象，我不確定。」犯人是斯波宗典。每星期兩次到府沐浴服務的工作人員，一頭白髮的男人。看到他時以為是年紀較大的工作人員，但洋子聽說他比她年紀還小時，著實驚訝。

斯波利用職務之便，在到府服務時安裝竊聽器，打探洋子與母親的生活作息模式，然後，在家中無人的特定時間，潛入犯案。再次聽到這件事，實在是令人感到反胃。

「我也是主張對斯波處以極刑。」

當日的狀況詢問告一段落後，檢察官說。

極刑，也就是死刑。除了洋子的母親之外，也以同樣方式殺害許多其他的老人。洋子心中模模糊糊地想著，雖然不清楚究竟怎麼樣的狀況要求處死刑，但是如果殺死許多人的話，應該會被判死刑吧。

「接下來，羽田女士您身為被害人的遺族，我們想要在調查報告中加上您的想法，不知您是否同意？」

「好。」洋子點頭，但覺得「被害人的遺族」這幾個字似乎在講別人的事。

「聽到您的母親受到殺害時，您心裡有什麼想法？」檢察官的聲調似乎低了一些。

雖然她想要回答問題而絞盡腦汁，但不知道該如何說出來。

我有什麼想法？

看著她欲言又止了好一會兒，檢察官的表情轉為困惑，於是改變了問題。

「羽田女士，您的母親腳骨折後，需要照護，從那時開始，您就竭盡全力照顧母親，是否無誤？」

「是……」

並非謊言。一如文字所述，為了照顧母親而竭盡全力。

「願意竭盡全力，對您來說，那是因為母親應該可說是您最愛的存在吧？」

「對……」

終究不是謊話。兒子與母親到底最愛哪個是無從比較的，兩個人都是無法取代的存在。

「而您最愛的母親遭到殺害。而且，還是使用竊聽器、侵犯隱私，偽裝成自然死亡，如此卑劣的手段！」檢察官瞬間停下話語，加強語氣。「非常不甘心、很遺憾吧？」

「是……」

雖然震懾於檢察官的語氣，但這次恐怕就是假的。

洋子心中已經不覺得不甘心或者遺憾了。

母親去世的那一天，洋子心中掉下一枚硬幣，一面是從像地獄一樣的照護日常解脫的安心感，一面是些微的喪失感。這兩種情緒緊緊貼合在一起。

對洋子來說，母親去世，能清楚感覺到各方面事情好轉。無須再照顧母親，在身體上與精神上，還有經濟上都輕鬆許多。不用支付母親的照護費用，支出減少；而工作的時間增加，收入也跟著增加。今年四月，兒子颯太上小學，所以她可以在市區裡一家小印刷公司做全職的工作。這是她週末打工的小酒館常客介紹的。雖然稱不上是悠閒的生活，但是跟照顧母親的時候比較，已經越來越有餘裕。能夠成為佐證的事情，就是她沒再打過颯太。

就算是謊言也沒關係，她希望母親是終享天年，這絕非夸夸其談。

「羽田女士，您還好嗎？」檢察官遞出手帕。

她回過神來，才發現眼淚簌簌流下。

「不好意思。」

她接過手帕，輕拭眼角。手帕的觸感細緻，還帶點柔軟劑的芳香，一碰就知道是高級品。

原來，這個人住在完全不一樣的世界，他的生活中，可以用高級的手帕，還有柔軟劑洗滌。

這樣完全無關的念頭浮現後馬上又消失。

「您想到關於母親的事情，因為如此而不停落淚，是因為覺得很遺憾吧？」檢察官的話並不在預期之中。

「……」

「怎麼了嗎？」

「我……我得救了。母親，應該也是……」終究還是說出口來。

因為母親去世，洋子得到拯救，這件事無庸置疑；對於身體、心理都失去自由的母親來說，或許也是一樣因此而得到解脫。不管是得到救贖或者失去，母親並不是受害者，洋子也不認為自己是被害者遺族，就不可能會覺得不甘心或者遺憾。

檢察官的表情看得出來很僵硬，他的眉間也出現皺紋。

「那也就是說，將您從繁重的照護工作中解脫出來？」

「對。」的確如此。

檢察官沉默了一會，然後像是下定決心再度開口。

「我並非不能理解您所說的感覺，但是，這番言論，也可以解釋為您的母親希望結束自己的生命。」

檢察官臉上浮現痛苦——相當痛苦的表情。

洋子想，他一定是個溫柔的人。

「這一部分，就不加在報告中，可以嗎？」

「可以。」洋子點頭。她明白道理上應該這樣做。

「母親被人莫名的殺害，您覺得氣憤嗎？」

「是。」

檢察官在「竭盡全力支持著母親，母親卻受到殺害的被害人家屬」的報告書中寫下合於她心情的描述，洋子對此也只略微點頭。

先前，為了證明自己並非是一個會捨棄母親、殘酷的人，所以持續忍耐著實際上很想要逃開卻無法逃避的照護責任。

同樣，今天也是因為要證明自己並非是希望母親去世的殘酷之人，而將實際上得到救贖的感受換成為母親的死難過。

這是詛咒。

已經去世了卻還束縛著我的，母親的詛咒。

不過，若是不願接受這詛咒，也許就不再是一個人了。就像硬幣的兩面全都無法剝開來，一個人不管是否願意，也許都會被這樣的詛咒牽絆住。

對洋子來說，在所有事情中，讓她最在意的，並非已經完全成為過往的母親，而是兒子的未來。

有一天，我或許也會以此詛咒限制住兒子吧？

大友秀樹

二〇〇七年 八月十七日

兩天後，下午兩點三十二分。大友秀樹從逮捕斯波宗典後，第三次進行審訊。

在X地檢，並未區分刑事部與公審部的責任歸屬，大抵上，案件從審訊開始到公開審理，都由一位檢察官負責的方式來進行。然而有鑑於此次案件相關規模，起訴之前以審問為主的探究真相是大友擔任，起訴後的公審則由次席檢察官柊來負責。

再者，以受害者的人數來看，第一審死刑判決為目標，已經是商定好的結果。

大友的任務就是為此鋪路。

現在，斯波因為涉嫌團啟司的棄屍而被逮捕拘留，媒體上的報導也定調在照護工作同事之間的爭執而導致的傷害事件。然而，拘留期限快要截止，明天就要以數件證據搜查中的殺人嫌疑進行再逮捕，記者預定會報導出大概的事實。

刊出後，可以想見必定會引起相當的騷動，縣警與地檢的新聞室已全面協議如何應對。

斯波的態度，不論是面對檢察官或是警察，都全力合作，在審問時有問必答；且在住宅搜索時找到的筆記本上頭詳細記錄斯波殺人的相關訊息，以此為基礎，證據調查也進行得很順利。

斯波坦承的四十三件殺人案中，最後只有否定對團啟司有殺意。

斯波表示，起因於注意到在事務所裡，有人跟自己一樣複製了使用者家的鑰匙，查明之後發現是團啟司。而在他潛入使用者家時當面質問他，受到團的攻擊，才會反擊。

在應該屬於團啟司所有的運動背包中，找到了使用者家的鑰匙與竊取的現金。案發現場的路旁，也找到團啟司攻擊的鐵鎚，應該是潛入時用作護身之物。

當然，這也有可能是斯波故布疑陣的偽裝，但若是如此，為什麼只有這案件要如此精心策劃，否認殺意，其意圖為何難以斷定。大友認為，斯波所言的事實關係可信度應該相當高。

團啟司的單一事件是無殺意的傷害致死，其他四十二件，則是對需要照護的老人持有殺意而殺人。至此斯波的證言與大友的解讀相當一致。

然而，接下來才是問題——殺人的犯罪動機。

瞄準行動不便而容易殺害的對象的犯罪行為。目的就是「殺害」本身，確切掌握他人的生殺大權，沉浸在幼稚的萬能感覺中，為此而為的卑劣的連環殺人。大友的判斷之一，此外，大友預料，會做出這種犯行的人，應該是缺乏良知的心理變態者。

然而，遭受逮捕的斯波主張，因為自身與家人都因為照護的負擔而痛苦不堪的人，才是他選擇殺害的對象。並且將此稱為「消失照護」，殺人的同時也是照護，甚至說是為了其本人與家人才會這樣做。這與大友認為的目的就是「殺害」本身的看法，意義完全不同。

「檢察官，不管你們有什麼樣的判斷，我所做的事情是正確的事。」這一天，斯波斬釘截鐵地說。

雖然這承認了所犯之罪，卻是不背負「罪」的宣言。

如果要真正裁斷此人的話，必須能讓他以作為一個人的立場，後悔自己所做之事且承擔一己之罪才行。必須讓他有罪惡感才行。

「實際上殺了父親一事，也是正確的嗎？」

大友翻開作為證據收押的斯波第一本筆記本的第一頁之後問。

上面只有一行，寫著二〇〇二年十二月二十四日「殺死父親」。距今五年前的聖誕夜執行的殺害父親，那是斯波最初的殺人。

「是的。」斯波簡短回答，沒有絲毫停頓或動搖。

「一個男人自己一手把你養育長大，你卻用自己的手對父親做出那樣的事，是對的嗎？」大友特別加強語氣責問他。

斯波年幼的時候，母親因為意外事故離世，父親是他唯一的親人。他父親老年得子，父子年齡差距四十七歲，竟意外的與大友跟父親年紀差距相仿。

殺害唯一的血親，應該就是後來連續殺害其他人的始源。

「對，不管回想幾次，我還是認為這絕對是正確的事。」斯波斷言。果然沒有一絲遲疑。他鎮定的樣子反而讓大友受到衝擊，喉嚨深處乾渴到彷彿一陣刺痛。

「為什麼？為什麼你可以這樣平靜地談這件事？」大友奮力從乾啞的喉嚨擠出聲音，顫抖著發問。

斯波垂下頭，淡淡地開始說話。

「父親在一九九九年因為腦梗塞而倒下，在相當危險的狀況下緊急手術。我祈禱著希望手術能成功，希望父親能得救。後來如願以償，父親保住了性命，那個時候，我非常高興，甚至覺得出現了奇蹟。雖然父親的身體留下後遺症，但我發誓一定盡力照護、支持他。不過，實在太過天真了，從那之後的三年，幾乎就像在地獄。

我外表看起來已經是個老頭吧？頭髮變白、皮膚也乾燥而滿是皺紋。雖然原本就比較顯老，但是還沒開始照顧父親之前，根本不是這副模樣。只不過三年的時間就變成這樣。」斯波用手指將頭髮往上梳攏。

常常聽到人會因為煩惱、壓力而使頭髮變白。大友的妻子玲子最近也因為搬家跟照顧小孩還有家事而擔憂，白髮變得很顯眼。

但只有三十歲的男子竟然滿頭白髮，而且看起來完全就是個老人，果然還是不尋常。

所謂地獄，究竟是怎樣的情況？

不待大友詢問，斯波繼續說道。

「原本就有些微老年癡呆症的父親，身體出狀況後，精神急遽惡化。變成無法辨識真實，總是說些毫無道理的事情，不分晝夜，拖著半麻痹的身體到處徘徊。

要獨力照顧那樣的父親，可說是非常吃力。對，非常辛苦。有老年癡呆症的父親情緒變化變得十分激烈，平靜的時候就很安定，也可以清楚理解事物，但興奮起來，就顯露幾乎無法制止的攻擊性。

我拚死拚活的照顧他，連一聲感謝都沒有，然而卻有好幾次口出惡言，但那時候至少他還知道我是誰。

可是隨著癡呆症逐漸轉變，父親慢慢忘記我是誰。

當我在照料他的時候，他會害怕地看著我問：『你、你是誰？』

我發誓盡全力照顧的父親，也是我唯一的家人。但是癡呆症卻完全抹除了這些。即使全心全意也無法溝通，不論持續多久也沒有結果……這個世界上大概沒有比這更令人難受的事情了。

如果有其他人可以來助我一臂之力，或許事情會有所不同，但是，對我來說，根本找不到這樣的援助。所有事情都只能自己做。

在現實層面的問題是，要耗費許多時間與金錢，能夠兼顧照護的工作並不多，沒辦法從事需要長時間離開家的全職工作，只能找離家近、時間又有彈性的打工機會，但這樣一來，就沒有辦法賺取足夠的生活費用，而父親的積蓄也不知不覺就見底了，生活變得越來越貧困。

終於，我必須面對有生以來第一次三餐不繼的狀況。飢餓這種事，明明只會出現在非洲或是一些東南亞等地遙遠的國家，卻像是開玩笑一樣竟然降臨到我頭上。

對於是否要申請補助我一度很遲疑，但還是申請了。如果接受生活補助，總覺得會被烙上『無能的人』的印象，因此一直很猶豫，而無法接受。不過從結果來看，是我自己杞人憂天。為救燃眉之急根本顧不得其他，我下定決心去申請。

到了社會救助機構的窗口，他們只是鼓勵地說：『你還可以工作吧？雖然很辛苦，但是請你好好加油。』然而我已經不知道現在還能怎樣做才好。

那個時候，我明白了，這個社會到處都有洞。

我注意到在這個基礎建設齊備、乍看之下豐厚富足的國家，存在著洞。事實上，當我在東京當自由工作者的時候，雖然勉強可以維持在那裡的生活，但那只是顫巍巍地在洞的邊緣盡力保持平衡而已。

父親倒下後，所需的照護從後面推一把，我們父子就掉落洞裡。

等注意到的時候就已經太遲了。一旦掉落洞裡，要再爬起來就不是件容易的事。

所謂人窮志短，一點也不假。在洞底膝蓋跪地、雙手匍匐，支撐著非常非常沉重的家人，就會變得越來越奇怪。

那是什麼時候呢？給父親吃了飯，他就會嘮叨怎麼沒有茶還是什麼。接下來，記憶就消失了……等我回過神來，父親雙頰發紅，眼淚不斷落下。到底發生什麼事？我只想起啪啪啪的聲音。然後我終於注意到我的手掌摑父親好幾下。我已經分不清自己是不是還保有意志力了。但是，手自動地摑打父親。

這一雙手……

曾經一度發誓要支持父親的這雙手，正在動手打他。

這類事件發生了許多次。已經不再是人類過的生活了。」

斯波不知不覺間益發激動，一度停下話語，「呼」地大大嘆了口氣。或許因為說了很長一段話，喉結一直上上下下。

「所以，你就殺了父親？」

大友浮現竭力克制憤怒的表情，兇狠地瞪著斯波。

耳朵深處痛了起來。

斯波的境遇值得同情。斯波所言或許是正確的，這個社會上到處都存在洞穴。大友遇過為了要進監獄而偷竊的老婦人；還有獨居的老人，被利用照護為藉口來接近他的親人殺死；以及患有老年癡呆症、深夜徘徊街上被卡車輾過的老人。

然而，即使因為如此，也不可能認為殺人是可以接受的事情。如果因為社會的原因而導致犯罪的話，司法制度等等就變得越來越不必要了。

大友沒有等斯波回答，就繼續說。

「你為了要從折磨人的照護中逃出，所以殺死你父親，是這樣吧？不管其中有多少因素，你身為任意妄為的犯罪者，這件事是不會改變的。」

斯波似乎已經預料到會有這種反應，因此只是點點頭。

「檢察官，你能這樣說，是因為你覺得自己處於不會掉落洞裡的安全地帶。在洞底的絕望，如果沒有掉落過的話，是完全無法了解的。」

安全地帶──與佐久間曾經說過的話相同的詞浮現耳邊，大友不覺僵住了。耳朵深處的疼痛似乎越來越強，整個中耳痛了起來，耳鳴也嗚嗚響著。

斯波與大友之間的共同點是兩人都與父親年紀差距相當大，父親都需要照護。但是大友可以負擔父親住在高級老人之家的費用，斯波卻得自己一個人承擔所有責任。在同一個國家，有相同的情況，但彼此的差距卻大到令人目眩的程度，大友心中湧現愧疚，因而無法立刻反擊。

斯波當然無法察覺大友內心的想法，只是繼續說道。

「當然，我也希望能盡快從那樣辛苦的照護工作中解脫，我不能否認有為了自己的原因而殺害父親。但同時，我這麼做也是為了父親。

父親對我說過：『已經足夠了，你殺了我吧。』在照護生活開始之後的第四個十二月。那天父親的精神較為穩定，關於自己的事情，或是我的事情，都能清楚分辨。在這種時候，父親也知道自己有老人癡呆症。

『我現在已經不只是身體，連腦子也都變得很不靈光了。這樣讓你吃了很多苦吧？我已經不想再像這樣繼續活著了，已經足夠了。即使再這樣繼續活著，也只會讓你受苦。所以我想要結束，殺了我吧！』父親邊哭邊說。

我回答：『我知道了，我會殺死你。』聽到這話的父親，露出滿足的表情微微笑著說：『謝謝你。我已經越來越不夠清醒，在我還能清楚表達的時候先跟你說，有你在身邊真的很幸福，謝謝你，願意來當我的兒子……』

他說的話，一字一句我現在還能記得清清楚楚。

我是在那個時候才了解，即使年紀大了，身體機能衰退，無法自主行動，即使因為癡呆症而使自我的認知崩毀，作為一個人，終究還是保有人的特質，有時候快樂，有時候悲傷，在幸福與不幸之間來來回回而活著的平凡人。

所以作為一個人，就有無論如何不能捨棄的尊嚴，即使能夠長壽，但如果陷入失去尊嚴的狀態，那就應該給予他們死亡。

我認為，殺害父親，是對他的報答，同時也是自己獲得的回報。

從這次談話後約一星期，我就殺死父親了。會花一點時間，是因為要取得針筒。

一開始本來想要用勒斃的方式，但實在無法下得了手。這是拯救、這是守護尊嚴、這也讓自己能得救，我反覆如此告訴自己，然而，若是用自己的手來結束血親的生命，我想，心也會同時崩潰。

如果可能，真希望有人能替自己來做這件事；如果某處真有所謂的死神，我希望在這件事發生之前，祂就能先奪走父親的性命。但最後還是只能自己動手。

到那時，我開始考慮盡量不要用手直接接觸的方式，用毒藥來進行。不時在媒體上會看到報導，小孩誤飲了摻入香菸菸蒂的飲料而死亡的事件，因此，我想，如果能夠抽出其中的尼古丁直接注射的話，即使是成年人，應該也會死亡。這僅只是外行人的想法，結果卻越做越上手。

然後，到了聖誕夜。

那天，父親已經認不出我是誰，問拿著針筒的我：『欸，您是哪位啊？』我想，他看到滿頭白髮的男人應該只覺得陌生，但他並沒有抵抗，從這點來看，或許是將我當作是醫生。

用針筒注射比絞殺簡單許多，只要妥當地把針刺入，然後壓下，父親就死亡了。簡單易行。

他在臨終之際，臉上露出苦悶的表情，也許無法算是完全的安樂死。但儘管如此，比起繼續以那種狀態活著，我想，父親逝世或許更為平靜。

我認為我做的事情是對的。」

他在說話中，有人在擤鼻涕，原來是正在記錄口供的椎名紅了眼眶。

大友也一陣激動。

然而，若在情感上受斯波影響，這樣就會變成很難判定他的罪。

耳朵深處的疼痛與耳鳴又越來越嚴重，痛到這個程度還是第一次。大友咬緊牙關，不讓疼痛占上風。

不可以被他牽著鼻子走，也不可以失敗。

「為什麼不結束在這裡？」當然，這是不得不問的問題。「依你目前的供詞，你殺死父親，是受囑託才殺人，罪責會比一般的殺人罪輕，也會酌情裁處，為什麼在那之後，你又殺害許多人？」

斯波苦笑。

「因為沒有人發現。我打電話給警察，告訴他們我父親死了。我想絕對會被逮捕。不過，來到我們家的警察似乎不是很注意，對於無法好好回答問題的我一點都沒起疑，就斷定父親的死是自然死亡。

這讓我覺得或許是命運的安排，讓我逃過應有的懲罰，必定是還有非做不可的事情在等著我。

活在這個時代、遭遇這種事情的我，還有必須完成的工作。」

斯波說話的樣子彷彿虔誠的信徒。

有個詞彙是「聖召」，意思是，受神所選，而賦予使命。殺死父親卻逃過懲處，對斯波來說，是所謂「聖召」？

「所謂應該完成的工作，就是指殺死上了年紀，又需要照護的人嗎？」

斯波慎重地點頭。

「沒錯。因此我處理完父親的後事，就馬上考取照顧服務員的執照，然後到森林去應徵。在這個高齡化與少子化並進的國家，我認為有許多像我跟我父親一樣的人，不，這是事實，從事照護工作之後了解實際狀況超乎想像。

在洞底、在親情與負擔的夾縫中，苦苦掙扎的人比比皆是。再加上這個社會並不填補這些洞，缺乏想像力的人更是大肆標榜著良知，將這些人逼得透不過氣來。

『消失照護』就是拯救這些人的方式。

所以我現在在幫這些人做的事情，就是原本我希望有人來幫我做的事情。

警察的調查行動等等我並不清楚，但以我的經驗來看，針對老人的毒殺並不容易被發現。以毒藥殺死老人，偽裝成自然死亡，不會讓人起疑。

基於此番理解，我藉由『消失照護』這種終極方式，拯救像我與父親這樣的家庭。我想盡可能地延長時間、盡可能地做更多次，一直做到極限。

當然，我知道就算有此計畫，總有一天一定會被捕。嗯，這天已經來臨了，當你們到我家那天。

我完全明白殺人是犯罪行為，儘管如此，我還是認為我是做正確的事情。因此，如果有天有人知道『消失照護』，那我會毫不保留、堂堂正正地如此主張。

確。」

檢察官，無論你們基於法律判決我任何刑罰，我還是堅持我做的事情是絕對正

斯波嚴正斷定。

大友倒吸了一口氣。

這是黃金律。

也就是森林經營的老人之家揭示的格言，聖經中的一節：

你們願意人怎樣待你們，你們也要怎樣待人。

推己及人，所有的法則與倫理共通的基本原則。或許他並不知道這項知識，但這個男人行為的原理，除此之外別無他解。正因為如此，所以他可以堂堂正正地主張自己是對的？這個男人不就是辭典中所指「確信犯」（出於信仰的犯罪）？

就搜查行動來看，斯波殺害的老人，其家庭毫無例外都因為照護而承受巨大的壓力。被害人家屬中，也有像前幾天以證人身分應訊的羽田洋子，說出心中真正的感受，覺得自己得到拯救。

然而……

然而不管秉持多崇高的理念，為了拯救而殺人，都不可能得到認可。不論是就檢察官的立場，或以大友個人的倫理觀念來說都一樣。

「不對，你完全搞錯了。」大友反駁斯波的想法。

斯波直視大友。
大友盡全力表達自己的看法。
「因為死亡而得救，這只是假象。那種死亡不是放棄而已。
就像你說的，即使有癡呆症的人，依舊還是一個人，作為一個人，就有必須守護的尊嚴，也就因為如此，殺害就是錯誤的。救贖與尊嚴，都是人活著的時候才有意義，你或者你父親並非盼望終止性命，僅只是放棄生命而已。
對你來說，應該並非真的想要殺死父親，你沒有辦法用手勒死你父親，也就是對此說法的證明。還有人一生下來就保有的善念，人只要殺害另一個人，罪惡感就會油然而生，更不用說，殺害的對象是自己的親人。
你任意扭曲事理，只是為了要蓋過心裡的罪惡感。讓一個人死亡，只是徹底放棄其他可能得到拯救的選擇，放棄為了維護尊嚴的努力。更何況你根本沒有使別人放棄生命的權利。」
性善說——這是大友的信念——人性本善。人類是追求良善的生物。斯波必定也不例外。因此，大友盡力點醒他，喚回斯波靈魂深處的善念。
斯波瞬間彷彿訝異般睜開雙眼，而後浮現笑容。
他喧鬧高聲地笑。

「檢察官，真是精彩的標準答案啊！

活著才有意義？善性？

你之所以能夠說出這番話，只證明你果然是在安全地帶。就像在豪華遊輪上，對搆不著岸邊的溺水者侃侃而談關於性命、關於善。非常精彩！真是非常精彩！如果可以，我也想要站在那樣的立場說那樣的話。

如果死亡不是得救而是放棄，那麼，之所以會出現放棄比活著好的狀態，也是這個世界導致的。

如果，我真的不想殺害父親，但殺死他反而比較好的話，也是因為你們這樣的人製造出這種情況。」

斯波激動的言詞，就像一把利劍，毫不留情地刺向大友。

他忽然想起第一次讀聖經時的記憶，在幾乎都是編造的故事中看到一句倍感真實的話：

沒有一個人是無罪的。

原罪。斷言不完全的人實際的罪。然而這也是無可辯駁向善的信念。

對無法接話的大友，斯波降低聲調繼續說。

「再說，檢察官，你說的話有雙重矛盾。因為，你是為了要判我死刑，所以才審問我，對吧？」他突然丟出一記危險球。

「現……現在還未討論刑責，甚至連起訴都還沒決定……」

大友回答得零零落落，因為連自己都知道這是謊言。

斯波直接嗤之以鼻，笑了出來。

「我殺了四十三個人喔。我會被判死刑。即使不清楚法律，但還是明白這點。」

斯波乾脆地預言自己的未來。而他所言，恐怕是對的。

斯波繼續說道：「如果我殺了人，你也一樣殺人了。檢察官，假使如你所說，人會因為殺害他人而無條件感到愧疚，為了要掩蓋這種感覺，你也是一樣的。也就是說，檢察官先生，這個世界上，存在著即使得掩蓋罪惡感，但還是應該殺人的情況。」

「絕非如此！你因為個人的原因而殺人，跟法律系統裁決的死刑完全是兩回事。」

大友像是要讓自己也清楚聽見，幾乎是咆哮了。

斯波笑著說：「是相同的，檢察官。以死刑殺害犯罪者，是為了這個世界而殺人，對吧？所以，是正確的事，所以可以掩飾罪惡感。我也是為了世界為了別人，而殺害老人。完全沒有不同。」

不要說這種話！——大友硬生生吞下這句話。究竟這到底為了什麼而審問？大友不禁產生相當久之前那種迷失的感覺。

耳鳴前所未有的吵雜。

完全沒有得到預料的答案。

雖然得到嫌疑人坦承不諱，但是喉嚨深處，卻像黏著苦澀的敗北感。這種審問還是第一次。

唯一清楚明白的是預期完全落空。

斯波並非精神失常。

接下來，大友仍數次審問斯波，但終究無法讓斯波背負自己的罪。斯波儘管完全承認自己殺人的事實，卻沒有一丁點罪惡感。

失敗。

當然這只是大友個人的失敗感，地檢還是很順利地朝向所謂「勝利」的一審死刑判決。

與事件相關的證據搜索十分齊全的時候，案件也進入下一個階段。雖然無法接受其動機的說法，大友並沒有權利不遞交起訴狀。

二〇〇八年八月二日，從逮捕之後已經過了半年，大友起訴涉嫌殺害三十二人與一件傷害致死的斯波宗典。到這裡為止，接下來就不屬於大友的案件了。

然而大友還是注意到其中某一點。

斯波持續殺害老人的動機，在審問中並沒有全部供出，他真正的目的仍然隱藏著。

一切就如斯波的意圖，並不只有殺人，罪行曝光的時候、法庭中的審判、還有死刑，都照著他的劇本走。

大友發現他的真正目的時，他已經在大友無法觸及的法庭中了。

開什麼玩笑！

大友心中湧現的情緒，是近乎憤怒而無處發洩的情感。

終章

二〇一一年十二月

大友秀樹

二〇一一年十二月二日

下午九點四十二分。大友秀樹回到位於世田谷大廈型公務員宿舍。他脫鞋的時候，發現玄關鞋櫃上方的桌上型月曆還停留在十一月，因此動手翻頁。

二〇一一年十二月，發生大地震這一年的年末。大友起訴的斯波宗典的死刑判決終於裁定。

斯波引發的針對需要照護的老人連續殺人事件，現在一般通稱為「lost care事件」。殺害人數達四十三人，這是戰後發生的殺人事件案例中人數最多的一次。然而，大友在調查過程中發現，戰前與戰爭中，不乏同樣規模，或者超過此紀錄的大量殺人事件，在當時被稱為「養子殺人」。因為彼時墮胎違法，而雙親無力照料的小孩過多，因此，就出現收受金錢酬庸，然後帶走父母照料不來的小孩，再加以殺害的事件。無法照料的孩子增加過多的時代中「養子殺人」，與無法照護的老人大量增加的時代中「lost care事件」，似乎有相近的特徵。

此一「lost care事件」的審判，從公審開始到判決為止共歷經四十六個月，耗時約有四年。

其間，大友生活也有數次大轉變，不管是工作方面、妻兒方面，還有他父親的事。

他進到客廳，打開電燈。相當寬廣的客廳中，日光燈螢螢照耀，只有安安靜靜的家電製品與家具等著他。

大友在X地檢任職兩年後，轉調到仙台地檢，現在又調到東京地檢。所屬單位是特搜部，以現場檢察官來說，可是明星中的明星。應該是獨力搜查、揪出斯波宗典犯罪之事得到相當高的評價。

今年春天開始，他與妻子分開，單身赴任。他的妻子玲子與女兒佳菜繪就回到妻子鎌倉的娘家居住。

決定分開的理由，是今年三月，東日本大地震發生後的隔日早上，玲子無法起身。

接受醫生診斷，結果是憂鬱症。在沒有親人的土地上到處移居，以及初次育兒，不知不覺間累積的壓力，面臨未曾遭遇過的災害，就因而爆發、潰決。

因為她不曾抱怨，因此大友未曾注意，這種說法，終究只是藉口而已。他心裡其實明白，玲子逞強適應目前的生活型態，也注意到玲子逐漸積累的壓力；也知道非得好好處理這件事情不可，卻以工作為理由，什麼事都沒有做。

結婚後，儘管玲子將心靈寄託於信仰之上，大友可以想像得到她內心必定存在的不安全感，他卻只是袖手旁觀。

醫生鼓勵她定居一處，因而決定分居。玲子為此還哭著道歉：「真是對不起，我明明說了不管你到哪裡，都一定會在你身旁；你也因為工作，一直都很辛苦……」大友覺得，自己明明才是該說抱歉的人。

大友費了一番心力，終於好不容易調整到今年十二月二十四日公休，打算至少聖誕夜可以去鎌倉跟妻子一起度過。

大友到廚房倒了杯水喝，然後癱坐在沙發上。他拿起桌上一本相當厚的書，果然沉甸甸。深藍色的封面，書背上的燙金字體已經些許剝落。

是一九八七年發行新共同譯聖經的初版。日本天主教教會與新教徒各派共同翻譯的超越教派的聖經。中學入學時，父親送給他的禮物。

大友翻開書頁。〈馬太福音〉。眼睛盯著耶穌的言詞。

你們祈求，就給你們；尋找，就尋見；

叩門，就給你們開門。

因為凡祈求的，就得著；尋找的，就尋見；叩門的，就給他開門。

你們中間誰有兒子求餅，反給他石頭呢？

求魚，反給他蛇呢？

你們雖然不好，尚且知道拿好東西給兒女，

何況你們在天上的父，豈不更把好東西給求他的人嗎？

所以，無論何事，你們願意人怎樣待你們，你們也要怎樣待人，因為這就是律法和先知的道理。

大友的父親去年因為胰臟癌去世。

儘管森林花園因為出售企業而更名為「Mutumi 花園」，但一直到最後，都依約提供詳盡的照護服務。

癌症末期的父親意識不清，就連進食都變得相當困難。若為延長壽命，可以採用胃造口（PEG）方式透過導管直接將水分與營養輸送到胃，不過他父親意識還清醒的時候，就明白拒絕這種延長生命的方法。

「我不想跟癌症對抗，只要可以減少痛苦，性命縮減也沒關係。你千萬不要企圖延長我的性命，如果可能，就讓我愉快的回到主身邊去吧。」

父親不僅說了這些話，也簽署了放棄急救同意書，除了不違背信仰之外，也是父親的自我意願。

現在日本在法律詮釋上，對於積極的「安樂死」──殺害病患──態度相當謹慎。即使在癌症的終末時期，注射藥物使患者安樂死，也會以殺人罪起訴；但另一方面，若是停止維生醫療，消極的安樂死，也就是所謂的「尊嚴死」，事實上是獲得認可的。

這當然也並未納入法制之中，嚴格的適法與否的結論尚未達成。但是，在末期醫療現場，拒絕延長壽命與中止延命治療，已經是日常一般選擇。厚生勞動省也制定了守則。司法層面也不會對此進行取締，而是默認此狀況的存在。

根據所長之言，Mutumi 花園裡，患有不治之症的居住者不希望延命治療的人占壓倒性的多數，希望盡可能獲得生命末期照護措施。

——明明知道倘若放著不管，對方就會死去，卻還依然放著不管，這無異於殺人。

——因為死而得救這種說法是詭辯！這樣死亡不過是放棄而已！

以前曾經對犯人說的話，現在原原本本回到自己身上。

然而，就此而論，違反本人意願而施以延長壽命的治療，也無法視為正確選擇。像父親一樣處於有利的環境中的人，若不希望延長壽命，是否也該視為放棄性命，實在很難釐清。

最後大友也同意不施行PEG。

只以點滴將最低限度所需營養注入父親體內，約三星期，父親就油盡燈枯去世了。父親希望能平靜地離世，這也是大友能為他做的事。

你們不要想我來是叫地上太平；
我來並不是叫地上太平，乃是叫地上動刀兵。
因為我來是叫人與父親生疏，女兒與母親生疏，媳婦與婆婆生疏。
人的仇敵就是自己家裡的人。

愛父母過於愛我的，不配作我的門徒；
愛兒女過於愛我的，不配作我的門徒；
不背著他的十字架跟從我的，也不配作我的門徒。
得著生命的，將要失喪生命；
為我失喪生命的，將要得著生命。

他父親去世前兩個月，有一次，他去探病，已經瘦得不成人形但意識仍然清楚的父親對他說：「你抓到的那個傢伙，斯波，說起來也不是真的那麼壞啊……」

「消失照護事件」因媒體揭露而引起轟動，大篇幅報導。

先前對森林的處罰已經提高大眾對照護的關切，此時再加上這是戰後最大量的殺人事件，話題非常引人注目，每次索取旁聽證的人相當多。

即使在法庭上，斯波所言也與接受調查時相同，從一開始他殺害自己的父親，到後來連續殺人，主張自己的目的都是為了拯救。

對於斯波，像父親一樣持相同看法的擁護意見，並不少見。

悲傷的殺人鬼。

社會上對他有如此的評價。當然，全面肯定殺人的意見不在少數，而視他為兇殘的犯人也所在多有。

知識分子中有許多人表明意見：「他所犯下的殺人罪並不能原諒，但真正的問題應該在於這個社會。」媒體也多附和此論述。

接受此一說法者，對先前的森林事件，也支持此非單一的企業違法案件，而是因為照護保險制度不夠完備，這樣的說法。

「消失照護事件」成為一個關鍵點，在各種場合都出現認真嚴肅地討論。

今後社會更向高齡化發展，身體失去行動自由、罹患老人癡呆症，身為人類的尊嚴完全被剝奪的狀況，許多意見認為應該對此情況加以改善，也有許多謹慎詳細的討論，為了達到此一目的，如何確保人力與財力有充足的來源。

對於重視生命末期自我決定的人採取的立場，促成安樂死、尊嚴死合法化的聲音甚囂塵上；但也出現反對運動，抨擊在「安樂死肯定論」的背後原因，認為這種說法蘊含「對他人造成負擔的人還是死掉比較好」的意味，牽涉到高齡者與身障者的差別。

兩種價值觀之間的衝突相當激烈。然而，即使如此，大家還是有一定的默契，討論的範圍避免超過此一界線。

社會中流傳的這些看法，終於讓大友發現斯波真正的意圖。

聖經已翻閱到耶穌斷氣的場面。

約在申初，耶穌大聲喊著說：以利！以利！拉馬撒巴各大尼？就是說：我的神！我的神！為什麼離棄我？

站在那裡的人，有的聽見就說：這個人呼叫以利亞呢！

內中有一個人趕緊跑去，拿海絨蘸滿了醋，綁在葦子上，送給他喝。

其餘的人說：且等著，看以利亞來救他不來。

耶穌又大聲喊叫，氣就斷了。

他闔上聖經。在空無一人的客廳，砰一聲格外清晰。

這是自約翰尼斯・古騰堡以羊皮紙印刷四十五部之後，世界上印量最多、讀者最多的書籍。兩千年前，在伯利恆的馬廄中誕生，在加利利湖畔傳教，在各各他山被釘上十字架的男人的故事。書中記述的故事，據說有許多都是創作出來的，甚至有人懷疑是否真有這樣一個人存在。不過，他的故事，至今仍被傳述，改變這個世界。

有以他的故事為立國政策的國家、有為了宣揚他的故事而發動的戰爭，還有為了解釋他的故事而持續不斷、沒有結果的爭論。他的故事拯救了許多人，也殺害了許多人。一個故事改變了世界。

開什麼玩笑！

無意間，胸臆一陣情緒翻湧。

耳朵深處劇烈痛了起來。四年前，從審問斯波那一天開始，疼痛就不曾停止，現在已經沒辦法再無視疼痛感與耳鳴了。

大友覺得很反胃。

罪惡感。

他清楚地知道，那股無處發洩、近似憤怒的情緒究竟是什麼。

——徹底悔改吧！

耳鳴化成一道清楚的聲音，在腦中響起。以前，還有現在，在審問犯人時心中不時反覆的言語。此刻正對著自己詰問。

——徹底悔改吧！悔改吧！悔改吧！悔改吧！

彷彿發高燒時的囈語般，不斷責備著大友的那個聲音的主人，就是他自己。

只要作為人，不論是誰都一定與生俱有的——大友當然也不例外——善性的聲音。

大友一直猶豫不定，不過最後還是決定再去面會。

再與斯波宗典見一次面。再與那個男人對峙。

要與確定死刑犯人會面的限制相當嚴格，原則上，只有家人可以申請，其餘一概不准。不過，透過人脈運作，應該還是有機會。

斯波宗典

二〇一一年十二月二日

十一天後，下午一點二十七分，東京監獄，斯波宗典的所在之處，意外的人物出現在會面室中。

仔細一想，沒有家人的斯波，從判決未出來之時的拘留到現在，除了律師以外，這還是第一次有人來會見。

大友秀樹，也就是在X地檢署發現斯波宗典犯案的檢察官，現在來到東京地檢署中。

在狹窄的會面室中，隔著壓克力板，斯波與檢察官再度相見。在法庭上，是由其他檢察官負責，因此，他們最後一次見面，已經是四年前的事情。

他身形瘦了不少，也跟那時記得的印象不太一樣。

「檢察官，您有何貴幹？」

「我想確認一件事。」

「什麼事？」

「你的動機。關於你做這件事的目的。」

「……在審問的時候，我應該都已經說過了，在法庭上，我也說了。為了解救那些跟以前的我和我父親有同樣遭遇的人，讓他們不再受照護之苦。」

「不是這樣，不對，那只是部分目的而已，事情曝光之後，接受審判，到判處死刑，一切事態都如你的計畫發展，沒錯吧？」

檢察官目光越顯銳利，如箭般直射過來。

「你的真正目的是，想要讓這廣大的世界中每個人都知道你做的事。從親人囑託殺人開始的哀傷殺人鬼的故事，廣泛流傳到這個國家中每個人的耳朵裡。

一個剝除了以親情、羈絆等言詞虛偽矯飾的故事；這個社會存在光說好聽話的狀況而不理會問題處理，想要讓大家知道巨大的地洞存在這個社會中，想要讓自以為在富足的國家中生活的人能夠睜開眼睛，所以你要製造出這個故事來。你利用公開的法庭上講述這樣的故事，不，現在仍在繼續訴說這個故事。

你的故事，最後以你的死亡為終結，然後完整。死刑這樣強烈的結局，在大家的記憶裡、在這個國家的歷史中，你的故事都會深深銘刻其中。

即使你已死亡，但你的故事卻會一直重述，即使能因你的故事而覺醒的人只有少數也沒關係，讓這個社會朝著好的方向發展，不，是能夠改變這個社會，這就是你的目的！

你曾說過這世界上存在著即使必須隱藏自己的罪惡感，還是得把對方殺死的時候。然而，你真正期望的是，這個世界上不會再有希望別人，特別是希望家人死去這樣的事情；即使不放棄生命也沒關係的世界，不會再有像你跟你父親掉落的洞穴的世界。我說得沒錯吧？」

不止一次，這位檢察官還二度察覺他真正的意圖，斯波不自覺地露出得到理解般欣慰的笑容。

大概以為斯波的笑容代表肯定了這種說法，檢察官的表情越顯嚴峻，彷彿可聽見他咬牙切齒的聲音。

「你是何許人啊！把自己當作殉教者？還是救世主？」

檢察官的怒氣中明顯夾雜著悲嘆。

「不是。」斯波搖搖頭說，「如果是那樣的話……嗯，這是假設，如果依您所說，我犧牲了許多人的性命，甚至賭上自己的性命，想要成為他人傳說的故事，真是那樣的話，也許所有事情都不會有任何改變。」

「……」

檢察官一句話也沒說，只是斜睨著。雙眼裡閃爍著微光。斯波繼續說道。

「即使如此，至少射出一箭，對緊追著我跟我父親不放的，也報了一箭之仇。不管有多微小，只要能在未來留下點什麼。也許這樣就有戰鬥的價值。」

斯波試著露出笑容，卻沒有自信可以做得自然。

「開什麼玩笑！不要因為那樣的理由，就擅自殺人、擅自承擔、擅自戰鬥、擅自死去！這個世界上不是只有你一個人！」

檢察官語調熱切、激動而顫抖。

「的確是呢。能夠跟你談談，這樣就夠了。」

真心如此覺得。已經足夠了。

斯波沉默不語。

羽田洋子

二〇一一年十二月十八日

五天後，上午十一點二分。羽田洋子大聲喊著加油。

「颯太！注意，那邊！快跑！」

星期日的河邊操場，她兒子颯太所屬的足球隊正在比賽。不理會從河上吹過來的冬風，孩子們在操場上盡力奔跑。

颯太是五年級，拿到背號六號，成為先發的選手，位置是邊衛。雖然是防禦，但腳程速度頗快，不時會大膽超越參與攻擊。

只是有點可惜，傳球的時間點不對，無法形成最佳機會。

「啊！好可惜！不過沒關係，下一球下一球。」

混雜在其他隊友的監護人七嘴八舌之中，聲量越來越大。她心中想著，颯太，你已經跑出這樣的速度了！

「真是太厲害了。颯太是八賀的長友（＊長友佑都，日本足球明星，現為義大利國際米蘭隊員）。」

鄰座的男人說。

洋子苦笑著。

「嗯，不過，現在大概全日本擔任邊衛而跑得很快的小孩，都會被稱作『XX的長友』吧。」

「不是，不是，颯太是這裡最了不起的！」

「要變成笨蛋父母，會不會早了一個星期？」

洋子與這名男子預定下週聖誕節當天辦理登記。

他是她上班的印刷公司的老闆，叫做西口，過去就是車站前洋子打工的小酒吧的常客。個頭比洋子還矮，給人的感覺就像隻小動物。雖然是社長，世道不佳因此也沒什麼勢力。若論能力強勢與否，大概偏向缺乏交際手腕的一方。不過，是個溫和的男人。

大約三年前，他們成為男女朋友，有時候也會帶著颯太一起吃飯。颯太並沒有對親生父親留下印象，當他開始明白事理的時候，就已經與西口有所互動，因此現在可以很自然地接受。

「這樣是否妥當啊……」西口壓低聲音喃喃自語。

結婚一事。

雖然可以裝作沒有聽到，但洋子還是回答了：「沒問題啊。」

「真的可以嗎？」

「這是我要說的話欸，我已經快要五十歲了，還有一個那麼大的孩子。」

攻守雙方交換，現在輪到另一隊進攻。颯太緊盯著擔任前鋒的選手，切入傳球路徑中。即使是外行人，也看得出來颯太的運動量極大。

「能夠娶你當太太，還能成為像颯太那樣的孩子的父親，怎麼可能還會覺得不滿意？」

「這樣的話，那不是很好嗎？」

「不過，說到年紀的話，我已經有六十歲了。公司也不知道能經營到什麼時候，身體也快要開始不行了，如果有人開始需要照護的話，那也會是我先，你照顧母親就已經非常非常辛苦了吧。我可能也會成為你的負擔啊……」

一開始，因為彼此都已經有了年紀，本來不打算登記，不過，今年三月震災之後，氣氛有些微轉變。某一天，一口氣奪走許多人性命的天災就在眼前發生，讓人想要將「羈絆」以有形的方式表現出來，也想將這樣的心情傳達給對方。

儘管沒有一方正式說出口，但經過多次談論後，就決定要去登記。洋子這次沒有像先前一樣感到遲疑，而是十分確信。然而，日子漸漸接近的時候，西口反而開始畏縮了起來。

不過，這也是他善良之處。

正因為西口愛著洋子與颯太，所以，反而害怕自己成為他們的負擔。不管是隱藏或者表現出這樣的想法，都讓人覺得溫柔。

「就算是這樣，你還是希望這一生一世都可以跟我們在一起吧？」洋子問。

「對。」像小動物一樣的男人點頭。

「我也是啊。」

如果再年輕十歲的話，或許就會直奔他懷裡了，不過，洋子現在只是緊握西口的手。

不只洋子他們，據說，因為震災而選擇結婚的人增加許多。耳邊可以聽見「絆婚」這樣的說法。提到此，洋子想到不久前京都清水寺才發表「今年的漢字」就是「絆」。

以前，在查漢和辭典的時候，知道了「絆」這個字的讀法是「hodari」，這原來是指控制馬，讓牠停下來的韁繩，引申成為手鐐腳銬，限制人的自由。

所謂羈絆，並非如世上一般人所說的那樣美好，洋子充分感受到其中蘊含的苦痛。

讓洋子從照護工作中解放出來的「消失照護事件」，她盡可能的出席旁聽審判，傾聽犯人斯波宗典的言詞。

可憐的男人。令人憐憫的男人。跟我一樣。

如果，人可以更七零八落地獨自活著、任意死去的話，就不會有像我和他這樣的人出現了吧。

羈絆，是一種詛咒。

但儘管如此……

人必定還是得和其他人產生連結，然後活在這個世界上。

「所以啊……」洋子緩緩對西口說，「就算成為負擔也沒關係，我大概也會給你帶來麻煩，這個世界上，我想一定沒有一個人可以不會麻煩到別人，自己一個人活著。」

這是洋子的結論。

或許，不知道什麼時候，會因為結婚對象而受到束縛；又或許，終有一天，也會成為兒子的負擔；像活在地獄般的日子，或許會再次到來也說不定。

但是儘管如此……

儘管如此，仍要有所聯繫。

假設知道等在眼前的是地獄，人還是無法從相互的羈絆中逃離開來。

這樣的話，就聯繫起來吧。至少，與所愛之人。

就算不只是牽絆，而變成束縛；就算變成詛咒，也在所不惜。

緊緊相繫，繼續活著。

對手的傳球被隊友阻止下來，然後將球傳給背號十號的六年級中場，帶球進攻。敵方的防禦出現空隙，球傳給左後衛。對手的最後進攻偏了，反側的颯太全力跑起來。

「讓我們一起幸福吧。」

這或許也還算不上是約定。

球在操場上劃出一道大大的弧線。換邊發球。球傳到奔馳而來的颯太手上。

大友秀樹

二〇一一年十二月二十四日

六天後，下午四點五分。大友秀樹走在極樂寺坡的通道。這是要通往群山環繞的鎌倉的「鎌倉七口」之一。路現在正在整頓中，成為極樂寺車站前往由比之濱住宅區方向的道路。

女兒佳菜繪走在大友前面，他身後則是妻子玲子。

他們的目的地是海邊的教會。在途中簡單用過餐後，參加聖誕禮拜。

仔細想想，這還是全家第一次一起參加禮拜。自己果然是偽基督徒啊，大友現在更覺如此。

佳菜繪對隔數個月才能見一次面的父親不停說著，像是幼稚園的聖誕會中用口風琴吹奏〈平安夜〉；鎌倉的外公外婆買電動遊戲機給她；春天就要上小學了，非常高興，比起紅色，更想要橘色書包；可以跟爸爸一起去聖誕禮拜非常高興等等。大友仔細聆聽以童稚的言詞傳達想法的女兒。

大友與佳菜繪後方，玲子緩緩跟著。回到熟悉的土地，也得到老家雙親的適當關心，玲子的狀況似乎慢慢好轉。只是，還不到完全穩定的程度。

出門的時候，拿到了口罩。玲子自己與佳菜繪外出的時候也都會戴上口罩，玲子解釋，是因為害怕伴隨東日本大地震的核災事故而四處傳開的輻射能。

「你看得太嚴重了吧？」大友直率地說。

玲子淚眼婆娑地回答：「這我也知道，不過，腦子雖然能理解，但心裡的不安卻無法解消，如果自己跟自己所愛的人沒有戴口罩的話，就會一直覺得很不安，也是沒有辦法呀。」

大友想，如果一枚不織布的製品可以防止不安的話，那並不算高昂代價。在這個季節裡，應該還可以順便防止流行性感冒。

就這樣三個人戴著口罩，散步在通往教會的小徑上。

前行的方向吹來冬日寒冷的風。在這陣風裡，究竟懸浮著多少令人不安的因素？

——雖然明白，卻還是不得不……

曾經有誰這樣說過。對了，是X地檢署的事務官椎名。發現「消失照護事件」的大功臣。聽說，他通過考試，現在已經成為副檢察官了。

心中明白。

已經默示著。

地震影響而產生輻射能洩漏的事件已經不是第一次。

四年前，「消失照護事件」出現的那一年，中越沖地震，柏崎刈羽核能發電廠也發生輻射能外洩的事情。

在日本，大地震很可能會發生，以及核能發電並不安全，這兩件事早就有前兆了。

就像太太因為過分勞心而使身體健康出狀況也早有預警。而在社會上，比起高齡化，更顯著的是無法得到照護的老人不斷增加，都默默預示。

現今發生的各項災禍，都有徵兆。

走完小路，進入住宅區。

走過轉角右轉後，視野開展，可以看見海洋。

夾雜著海潮的氣味，更冷、更強勁的風吹來。

「好厲害！爸爸，來，來這邊！」

佳菜繪天真地握住大友的手。大友牽起女兒小小的手，迎著風向前走。

最近發表的「今年的漢字」，是「絆」。

但一方面，陸續出現「孤獨死」的相關報導，結束自己生命的人接連不斷，其中自殺比率最高的對自身健康深感不安的中老年人，未繳納國民年金的人也高達四成。社會保障、人口問題研究所發表的預測，四十年後，會出現青壯年平均一人要負擔一名老人的「肩車社會」。根據厚生勞動省的推算，需要照護的老人癡呆症患者的人數明年度就累積高達三百萬人以上。而另一方面，照護業界的離職率仍然維持相當高的數字，人手不足的情況每一年都更加嚴重。

洞穴填補起來的當下，深淵卻徐徐擴大，這並不難想像。

了然於心。未來可能降臨的災難已經無聲地昭示。

挑起鬥爭的男人，現在在拘留所裡等待死亡。

即使故事繼續流傳下去，也許，已經無法改變這個世界了。

我知道。我很清楚。我明明了解……卻也只能感到震驚而呆立不動。

沒有完全無過錯的人。在這個非屬樂園的世界上，沒有一個人不是罪人。

——悔過吧！

耳朵深處的疼痛與聲音，此生應該都不會消失了吧？

那出於善的聲音純粹只有責備，並未指出到底該如何做才好。

女兒小小的手是確實的存在。妻子像是緊緊追著走在後頭，眼角浮現溫柔的微笑。

如果有人問自己是否深愛著她們，必能毫不遲疑肯定地答覆，也確信自己被深愛著。

彼此之間的羈絆。

此刻，確確實實，存在著。

「你們看！」佳菜繪手指向西邊天空。

從厚厚的雲層間隙灑下了橘紅色的夕陽光柱，貫穿海面。

美麗而神祕的光景。

此現象稱作「曙暮光」。當厚重的雲層有縫隙時，透出的夕陽光輝，難得可看見這樣的景象。

跟在後面的玲子喃喃說著：「雅各之梯……」

「嗯，我知道喔，是天使的樓梯對吧？」

雅各的梯子。

跟以色列人的始祖雅各的夢有關，傳說曙暮光是神的使者往來天國與地上的樓梯。

「真漂亮呢。」他妻子眼眶泛淚。

「啊！真是非常漂亮！」大友稍稍加強了力道，緊握著女兒的手，另一隻手則牽起妻子的手。

原來如此，人們期盼的就是此時此刻。

從天而降的光之梯，當然，沒有天使的身影。光的盡頭，並非通往天堂。這只是可以科學來說明的自然現象。

彷彿燃燒般的色彩，顯示陽光射出的角度已經很小。

太陽幾乎就要沉沒地平線之下。
這是原本就知道的事情。
夜幕即將落下。

JJJ 018

失控的照護
ロスト・ケア

國家圖書館出版品預行編目 (CIP) 資料

失控的照護 / 葉真中顯著；張宇心譯．-- 增訂三版．-- 臺北市：天培文化有限公司，2024.07
面；　公分
譯自：ロスト．ケア
ISBN 978-626-7276-60-0(平裝)

861.57　　113008384

作　　者——葉真中 顯
譯　　者——張宇心
責任編輯——莊琬華
發 行 人——蔡澤松
出　　版——天培文化有限公司
台北市 105 八德路 3 段 12 巷 57 弄 40 號
電話／ 02-25776564・傳真／ 02-25789205
郵政劃撥／ 19382439
九歌文學網　www.chiuko.com.tw
印　　刷——晨捷印製股份有限公司
法律顧問——龍躍天律師・蕭雄淋律師・董安丹律師
發　　行——九歌出版社有限公司
台北市 105 八德路 3 段 12 巷 57 弄 40 號
電話／ 02-25776564・傳真／ 02-25789205
增訂三版——2024 年 7 月
定　　價——380 元
書　　號——0303018
ISBN ／ 978-626-7276-60-0